Les lunettes

Il y a bien des années, il était à la mode de ridiculiser le « coup de foudre » ; mais les penseurs non moins que les sensibles ont toujours plaidé en faveur de son existence. En fait, les découvertes modernes dans le domaine de ce qu'on peut appeler le magnétisme éthique ou la magnéto-esthétique rendent vraisemblable que les affections humaines les plus naturelles, et par conséquent les plus vraies et les plus intenses, sont celles qui surgissent dans le cœur comme par sympathie électrique — en un mot, que les liens psychiques les plus éclatants et les plus durables sont ceux que soude un seul regard. La confession que je m'apprête à faire apportera un cas supplémentaire aux preuves déjà presque innombrables de la véracité de cette assertion.

Mon histoire exige que je sois quelque peu minutieux. Je suis encore un très jeune homme — j'ai à peine vingt-deux ans. Mon nom, actuellement, est un nom très courant et plutôt plébéien : Simpson. Je dis « actuellement » car je ne me nomme ainsi que depuis peu — depuis que j'ai, l'an dernier, adopté légalement ce nom de famille afin de toucher un important héritage qui m'avait été laissé par un parent éloigné, M. Adolphe Simpson. Le legs était subordonné à l'adoption du nom du testateur — le nom de famille, pas le prénom ; mon prénom est Napoléon Bonaparte — ou plus exactement ce sont mes première et seconde dénominations.

J'eus quelque hésitation à prendre le nom de Simpson, car je tirais de mon véritable patronyme, Froissart, une fierté très légitime — croyant pouvoir le faire descendre de l'immortel auteur des *Chroniques*. À propos, puisque j'aborde le sujet des noms, je puis mentionner une curieuse coïncidence de son dans le nom de quelques-uns de mes ancêtres immédiats. Mon père était un M. Froissart de Paris. Sa femme — ma mère, qu'il épousa à quinze ans — était une demoiselle Croissart, la fille aînée du banquier Croissart ; dont la femme qui, à nouveau, n'avait que seize ans lorsqu'elle se maria, était la fille aînée d'un certain Victor Voissart. M. Voissart, très curieusement, avait épousé une dame d'un nom similaire — une demoiselle Moissart. Elle était elle-même encore presque une enfant quand elle s'était mariée ; et sa mère aussi, Mme Moissart, n'avait que quatorze ans quand elle avait été conduite à l'autel. Les mariages précoces sont courants en France. Mais, on a là Moissart, Voissart, Croissart et Froissart, tous en ligne directe. Mon propre nom, pourtant, comme je l'ai dit, devint Simpson, par acte légal, et avec tant de résistance de ma part qu'à une certaine époque j'hésitai vraiment à accepter le legs du fait de la clause inutile et ennuyeuse qui y était attachée.

Pour ce qu'il en est des avantages personnels, je n'en suis en aucune façon dépourvu. Au contraire, je pense que je suis bien fait et que je possède ce que les neuf dixièmes des gens appellent un beau visage. Je mesure cinq pieds onze pouces[1]. Mes cheveux sont noirs et frisés. Mon nez est assez régulier. Mes yeux sont grands et gris ; et bien qu'en fait ils soient d'une faiblesse fort gênante, on ne peut pourtant en les voyant leur soupçonner aucun défaut de cet ordre. Cette faiblesse elle-même m'a cependant toujours beaucoup ennuyé et j'ai essayé tous les remèdes — sauf le port de lunettes. Étant jeune et beau, évidemment je les déteste, et j'ai absolument refusé d'en porter. Je ne connais vraiment rien qui défigure autant le visage d'une personne jeune, ou qui marque autant chaque trait d'un air de gravité, voire de cagoterie ou de grand âge. D'un autre côté, le monocle a nettement un air de fatuité et d'affectation. Je me suis donc arrangé jusqu'à présent autant que j'ai pu pour me passer des unes et de l'autre. Mais assez de ces détails purement personnels, qui, après tout, n'ont que peu d'importance. Je me contenterai d'ajouter que je suis d'un tempérament sanguin, impétueux, ardent, enthousiaste — et que, toute ma vie, j'ai été un admirateur fervent des femmes.

Un soir, l'hiver dernier, je pénétrai dans une loge du théâtre P— en compagnie d'un ami, M. Talbot.

1. *Cinq pieds onze pouces* : 1 m 80.

C'était une soirée d'opéra et le programme proposait une attraction si exceptionnelle que la salle était tout à fait comble. Nous arrivâmes à temps, cependant, pour obtenir les fauteuils de devant qui nous avaient été réservés, et vers lesquels, avec quelques petites difficultés, nous nous frayâmes un chemin en jouant des coudes.

Pendant deux heures, mon compagnon, qui était un *fanatico* de musique, consacra toute son attention à la scène ; et pendant ce temps, je m'amusai à observer le public, composé pour sa plus grande partie de l'*élite** [1] même de la ville. Me sentant satisfait sur ce point, j'allais tourner mon regard vers la *prima donna*, lorsqu'il fut arrêté, et même capté, par une silhouette présente dans l'une des loges privées qui avait échappé à mon observation.

Vivrais-je mille ans que je ne pourrais jamais oublier l'émotion intense avec laquelle je découvris cette silhouette. C'était celle d'une femme, la plus exquise que j'aie jamais vue. Le visage était tourné vers la scène de façon telle que, pendant quelques minutes, je ne pus le voir — mais la forme était *divine* ; nul autre mot ne peut suffire à exprimer ses magnifiques proportions — et même le mot « divine » semble ridiculement faible quand je l'écris.

La magie d'une belle forme chez la femme — la sorcellerie de la grâce féminine — a toujours eu un pouvoir auquel il m'était impossible de résister ; mais là se trouvait la grâce personnifiée, incarnée,

1. Tous les mots ou expressions en italique suivis d'un astérisque sont en français dans le texte.

le *beau idéal** de mes visions les plus folles et les plus enthousiastes. La silhouette, que la disposition de la loge permettait de voir presque entièrement, était d'une taille un peu au-dessus de la moyenne, et approchait presque, mais pas tout à fait, du majestueux. Sa parfaite plénitude et sa *tournure** étaient délicieuses. La tête, dont la nuque seule était visible, rivalisait par son contour avec celle de la Psyché grecque, et elle était plutôt mise en valeur que cachée par une élégante coiffe de *gaze aérienne** qui me fit penser au *ventum textilem* d'Apulée[1]. Le bras droit était posé sur la balustrade de la loge, et son exquise proportion faisait tressaillir chaque nerf de mon corps. La partie supérieure était drapée dans une de ces manches amples et ouvertes à la mode actuellement. Elle descendait à peine plus bas que le coude. En dessous était portée une autre manche de quelque tissu léger, moulant, et terminé par une manchette de dentelle précieuse, qui retombait gracieusement sur le haut de la main, ne montrant que les doigts délicats, à l'un desquels brillait un anneau de diamant qui, je le vis aussitôt, était d'une valeur extraordinaire. L'admirable rondeur du poignet était fort bien soulignée par un bracelet qui l'encerclait et qui lui aussi était orné et agrafé par une magnifique *aigrette** de pierreries — révélant, sans qu'aucun doute ne soit permis, à la fois la richesse et le goût délicat de celle qui le portait.

Je contemplai cette apparition royale pendant

1. *Ventum textilem* : « vent tissé ». Mais l'expression n'est pas d'Apulée : elle est de Pétrone.

au moins une demi-heure, comme si j'avais soudain été changé en pierre ; et pendant ce temps, je ressentis toute la force, toute la vérité de tout ce qui a été dit ou chanté sur le « coup de foudre ». Mes sentiments étaient totalement différents de tous ceux que j'avais jusqu'alors éprouvés, même en présence des plus célèbres modèles de beauté féminine. Une sympathie d'âme à âme, inexplicable et que je suis bien obligé de croire *magnétique*, semblait river non seulement mon regard, mais toutes mes capacités de pensée et de sentiment sur l'admirable objet que j'avais devant moi. Je voyais — je sentais — je savais que j'étais profondément, follement, irrévocablement amoureux — et ceci même avant d'avoir vu le visage de la personne aimée. Si intense, en vérité, était la passion qui me consumait, que je croyais vraiment qu'elle n'en aurait été que fort peu diminuée si les traits encore inconnus s'étaient révélés d'un caractère plutôt ordinaire ; tant est anormale la nature du seul véritable amour — du coup de foudre — et tant elle dépend peu des conditions extérieures qui semblent seulement le créer et le contrôler.

Tandis que j'étais ainsi plongé dans l'admiration de cette adorable vision, un désordre soudain dans l'assistance lui fit tourner la tête en partie vers moi, de telle sorte que je découvris totalement son profil. Sa beauté dépassa même mon attente — et cependant il y avait en lui quelque chose qui me déçut sans que je fusse capable de dire exactement ce que c'était. J'ai dit « déçut », mais ce n'est pas tout à fait le mot. Mes sentiments furent à la fois calmés et exaltés. Ils participaient moins du transport et bien plus du calme enthousiasme — de la quiétude enthousiaste. Cet état de mes sentiments naquit, peut-être, de l'air de madone, ou de l'air maternel du visage ; et pourtant je compris aussitôt qu'il n'avait pu naître entièrement de cela. Il y avait quelque chose d'autre — quelque mystère que je ne pouvais élucider — quelque expression dans le visage qui me perturbait légèrement tout en amplifiant grandement mon intérêt. En fait, j'étais précisément dans cet état d'esprit qui prépare un jeune homme sensible à toutes les extravagances. Si la dame avait été seule, j'aurais sans aucun doute pénétré dans sa loge et pris le risque de l'aborder ; mais, heureusement, elle était accompagnée de deux personnes — un monsieur, et une dame d'une beauté frappante, selon toutes les apparences de quelques années plus jeune qu'elle.

Je remuai dans ma tête mille plans pour parvenir, par la suite, à être présenté à l'aînée des deux dames, ou, pour le moment, à avoir en tout cas une vue plus nette de sa beauté. J'aurais voulu trouver une place plus proche de la sienne, mais la cohue du théâtre rendait cela impossible ; et les sévères décrets de la Mode avaient depuis peu impérativement banni l'usage des jumelles, dans une telle circonstance, même si j'avais eu assez de chance pour en avoir sur moi, mais je n'en avais pas — et je me trouvais ainsi au désespoir.

Je pensai enfin à m'adresser à mon compagnon.

« Talbot, dis-je, *vous* avez des jumelles. Prêtez-les-moi. »

« Des jumelles ! — non ! — que croyez-vous donc

que *je* ferais avec des jumelles ? » Et il se détourna vers la scène avec impatience.

« Mais, Talbot », continuai-je, en le tirant par l'épaule, « écoutez-moi, voulez-vous ? Voyez-vous la loge ? — là ! — non, celle d'après. — Avez-vous jamais vu une femme aussi jolie ? »

« Elle est très belle, sans aucun doute », dit-il.

« Je me demande qui elle peut être ! »

« Mais, au nom de tout ce qui est angélique, ne *savez*-vous pas qui elle est ? — "Ne pas la connaître prouve que vous êtes vous-même inconnu[1]." C'est la célèbre Mme Lalande[2] — la beauté du jour *par excellence**, et le sujet de conversation de toute la ville. Immensément riche aussi — veuve — et un parti formidable — vient juste d'arriver de Paris. »

« Vous la connaissez ? »

« Oui — j'ai cet honneur. »

« Voulez-vous me présenter ? »

« Assurément — avec le plus grand plaisir ; quand donc ? »

« Demain, à une heure, je viendrai vous prendre chez B—. »

« Très bien ; et maintenant tenez votre langue, si vous le pouvez. »

Sur ce point, je fus forcé de suivre le conseil de Talbot ; car il resta obstinément sourd à toute autre question ou suggestion et se consacra exclu-

1. *Ne pas la connaître* : c'est, légèrement détournée, une phrase de Milton (*Paradise Lost*, IV, 830) : « *not to know me argues yourself unknown* »).

2. *Lalande* : le nom a sans doute été emprunté à une cantatrice célèbre de l'époque, Henriette Clémentine Lalande (1797-1867).

sivement pendant tout le reste de la soirée à ce qui se passait sur la scène.

Pendant ce temps, je gardais les yeux fixés sur Mme Lalande, et j'eus à la longue la chance de voir son visage de face. Elle était d'une beauté exquise : ceci bien sûr, mon cœur me l'avait déjà dit, même si Talbot ne m'avait pas pleinement satisfait sur ce point — et pourtant l'incompréhensible petit quelque chose me troublait encore. Je finis par conclure que mes sens étaient impressionnés par un certain air de gravité, de tristesse, ou, encore plus précisément, de lassitude, qui n'ôtait quelque chose à la jeunesse et à la fraîcheur du visage que pour lui ajouter une tendresse et une majesté séraphiques, et ainsi, bien sûr, du fait de mon tempérament enthousiaste et romantique, un intérêt décuplé.

Tandis que je régalais ainsi mes yeux, je perçus enfin, à mon grand émoi, à un mouvement presque imperceptible de la dame, qu'elle venait soudain de se rendre compte de l'intensité de mon regard. Pourtant, j'étais absolument fasciné et je ne pus m'en détacher, même un instant. Elle tourna la tête et à nouveau je ne vis plus que le contour ciselé de sa nuque. Après quelques minutes, comme poussée par la curiosité de voir si je regardais encore, elle fit progressivement pivoter sa tête et à nouveau rencontra mon regard brûlant. Ses grands yeux sombres se baissèrent aussitôt, et une vive rougeur envahit ses joues. Mais quel ne fut pas mon étonnement de découvrir que non seulement elle ne se détournait pas pour la seconde fois, mais qu'elle tirait même de sa ceinture un face-à-main — qu'elle le levait — qu'elle l'ajustait — et qu'elle me fixait, attentivement et délibérément, l'espace de plusieurs minutes.

Si la foudre était tombée à mes pieds, je n'aurais pu être plus profondément étonné — étonné *seulement* — pas le moins du monde choqué ni dégoûté ; bien qu'un acte aussi osé chez toute autre femme eût probablement choqué ou dégoûté. Mais tout cela fut fait avec tant de tranquillité — tant de *nonchalance* — tant de sérénité — bref, avec un air si évident de la plus haute éducation — qu'on n'en ressentait pas la moindre effronterie, et que mes seuls sentiments furent d'admiration et de surprise.

Je remarquai que, lorsqu'elle leva pour la première fois son face-à-main, elle sembla se contenter d'un examen rapide de ma personne, et elle éloignait l'instrument lorsque, comme si elle était frappée par une autre idée, elle le reprit, et continua ainsi à me regarder avec une attention soutenue durant plusieurs minutes — durant cinq minutes au moins, j'en suis sûr.

Ce geste, si remarquable dans un théâtre américain, attira l'attention générale et déclencha parmi l'assistance un mouvement indéfini, un murmure, qui pendant un instant m'emplit de confusion, mais ne produisit pas d'effet visible sur le visage de Mme Lalande.

Ayant satisfait sa curiosité — si c'était cela — elle lâcha son face-à-main, et reporta tranquillement son attention vers la scène ; elle me montrait maintenant son profil comme auparavant. Je continuai à la regarder avec insistance, quoique je fusse pleinement conscient de ma grossièreté en faisant cela. Je vis bientôt sa tête changer lentement et légèrement de position ; et je fus vite convaincu que la dame, tout en faisant semblant de regarder la scène, était en train de me regarder moi-même attentivement. Il est inutile de dire quel effet cette conduite, de la part d'une femme aussi fascinante, eut sur mon esprit émotif.

M'ayant ainsi examiné pendant peut-être un quart d'heure, le bel objet de ma passion s'adressa au monsieur qui l'accompagnait, et pendant qu'elle lui parlait, je vis distinctement, aux regards de l'un et de l'autre, que la conversation se rapportait à moi.

Ayant terminé, Mme Lalande se tourna de nouveau vers la scène, et, pendant quelques minutes, sembla s'absorber dans le spectacle. À la fin de ce délai, cependant, je fus plongé dans une agitation extrême en la voyant déplier, pour la seconde fois, le face-à-main qui pendait à son côté, me faire face complètement comme auparavant, et, sans souci du murmure renouvelé de l'assistance, me scruter, de la tête aux pieds, avec le même sang-froid miraculeux qui avait déjà tant ravi et confondu mon âme.

Ce comportement extraordinaire, en me jetant dans une totale excitation fébrile — dans un absolu délire d'amour — contribua plutôt à m'enhardir qu'à me déconcerter. Dans la folle ardeur de ma dévotion, j'oubliai tout sauf la présence et la majestueuse beauté de la vision qui s'offrait à mes regards. Saisissant ma chance, alors que je pensais que l'assistance était complètement prise par l'opéra, je finis par rencontrer le regard de Mme Lalande, et, au même moment, je lui fis un léger mais indiscutable salut.

Elle rougit très violemment — puis détourna les yeux — puis lentement et précautionneusement elle regarda autour d'elle, apparemment pour voir si on avait remarqué mon geste téméraire — puis se pencha vers le monsieur qui était assis à côté d'elle.

J'eus alors le sentiment cuisant de l'impolitesse que j'avais commise, et je n'attendis rien de moins qu'un immédiat scandale ; et à ce moment l'image de pistolets pour le lendemain passa rapidement et désagréablement dans mon cerveau. Je fus cependant très vivement soulagé lorsque je vis la dame seulement tendre au monsieur un programme, sans rien dire ; mais le lecteur ne pourra se former qu'une faible idée de mon étonnement — de ma *profonde* stupéfaction — de la délirante confusion de mon cœur et de mon âme — quand, immédiatement après, ayant à nouveau regardé furtivement autour d'elle, elle laissa ses yeux brillants se poser pleinement et fermement sur les miens, et puis, avec un léger sourire qui découvrit une brillante rangée de ses dents de perle, elle fit de la tête deux signes affirmatifs, distincts, marqués et sans équivoque.

Il est inutile, bien sûr, de m'étendre sur ma joie — sur mon transport — sur l'extase illimitée de mon cœur. Si jamais homme devint fou par excès de bonheur, ce fut bien moi à cet instant. J'aimais. C'était mon *premier* amour — c'est ainsi que je le sentais. C'était l'amour suprême — indescriptible. C'était le « coup de foudre » ; et de même sur un coup de foudre, il avait été accepté et *rendu*.

Oui, rendu. Comment et pourquoi en aurais-je douté un seul instant ? Quelle autre interprétation aurais-je pu donner à une telle conduite de la part d'une dame si belle — si riche — de toute évidence aussi accomplie — d'aussi grande éducation — d'une position aussi élevée dans la société — à tous égards aussi totalement respectable, comme je devinais qu'était Mme Lalande ? Oui, elle m'aimait — elle me renvoyait l'exaltation de mon amour, avec une exaltation aussi aveugle — aussi intransigeante — aussi désintéressée — aussi abandonnée — et aussi complètement illimitée que la mienne ! Cependant ces rêves délicieux et ces réflexions furent à ce moment-là interrompus par la chute du rideau. Les spectateurs se levèrent ; et le tumulte habituel survint immédiatement. Quittant brusquement Talbot, je fis tous mes efforts pour me frayer un chemin qui m'aurait rapproché de Mme Lalande. N'ayant pu le faire à cause de la foule, je finis par abandonner la poursuite et par prendre le chemin de mon domicile ; me consolant de la déception de n'avoir pas été même capable d'effleurer le bord de sa robe, par la réflexion que je serais présenté par Talbot, selon les formes, dès le lendemain.

Ce lendemain vint enfin ; c'est-à-dire que le jour finit par poindre après une longue et fatigante nuit d'impatience ; et puis les heures, jusqu'à « une » heure, se traînèrent comme des escargots, mornes et innombrables. Mais même Stamboul, dit-on, aura une fin, et le terme de ce long délai arriva.

L'horloge sonna. Comme s'éteignait son dernier écho, j'entrai chez B — et demandai Talbot.

« Sorti ! » dit le valet de pied — le propre valet de Talbot. « Sorti ! » répliquai-je, et je reculai d'une douzaine de pas en chancelant — « permettez-moi de vous dire, mon beau monsieur, que cette chose est absolument impossible et infaisable ; M. Talbot n'est pas sorti. Que voulez-vous dire ? »

« Rien, monsieur ; seulement que M. Talbot n'est pas là. C'est tout. Il est parti à cheval pour S—, immédiatement après le petit déjeuner et m'a chargé de dire qu'il ne serait pas de retour en ville avant une semaine. »

Je restai pétrifié d'horreur et de rage. J'essayai de répondre mais ma langue refusa de fonctionner. À la fin, je tournai les talons, livide de colère, et vouant en moi-même toute la tribu des Talbot aux plus profondes régions de l'Érèbe. Il était évident que mon ami attentionné, *il fanatico*, avait complètement oublié son rendez-vous avec moi — qu'il l'avait oublié aussitôt qu'il l'avait donné. Il n'avait jamais été un homme de parole très scrupuleux. Il n'y avait aucun recours ; aussi, refrénant ma contrariété autant que je le pouvais, je remontai tristement la rue, posant de vaines questions à propos de Mme Lalande à toutes les connaissances que je rencontrais. Par ouï-dire, je découvris que tous la connaissaient — et beaucoup, de vue — mais elle n'était en ville que depuis quelques semaines et il y avait donc peu de gens qui pussent prétendre la connaître personnellement. Ces rares personnes, lui étant encore relativement étrangères, ne pouvaient, ou ne voulaient pas prendre la liberté de m'introduire selon l'usage lors d'une visite matinale. Tandis que j'étais là, en plein désespoir, conversant avec un trio d'amis sur l'objet qui obsédait mon cœur, il advint que l'objet lui-même passa.

« Sur ma vie, la voilà ! » s'écria l'un d'eux.

« Surprenante beauté ! » s'exclama un second.

« Un ange sur la terre ! » lança le troisième.

Je regardai ; et dans une voiture découverte qui s'approchait de nous en descendant lentement la rue était assise la vision enchanteresse de l'opéra, accompagnée par la dame plus jeune qui avait occupé une place de sa loge.

« Sa compagne elle aussi est bien conservée », dit celui du trio qui avait parlé le premier.

« Étonnamment, dit le second ; encore un air éclatant ; mais l'art fait des merveilles. Ma parole, elle semble encore mieux qu'à Paris il y a cinq ans. Encore une belle femme — ne pensez-vous pas, Froissart ? — Simpson, je veux dire. »

« *Encore !* dis-je, et pourquoi ne le serait-elle pas ? Mais comparée à son amie elle est une chandelle à côté d'une étoile — un ver luisant à côté d'Antarès. »

« Ha ! ha ! ha ! eh bien, Simpson, vous avez le don étonnant de faire des découvertes — des découvertes originales, je veux dire. » Et sur ces mots, nous nous séparâmes, tandis que l'un des trois commençait à chantonner un gai vaudeville, dont je ne saisis que ces vers —

Ninon, Ninon, Ninon à bas —
À bas Ninon De Lenclos !

Pendant cette petite scène, cependant, une chose avait grandement contribué à me consoler, bien qu'elle amplifiât encore la passion qui me consumait. Comme la voiture de Mme Lalande roulait devant notre groupe, j'avais remarqué qu'elle m'avait reconnu ; et plus encore, elle m'avait béni du plus séraphique sourire qu'on puisse imaginer, signe sans équivoque qu'elle me reconnaissait.

Quant à une présentation, j'étais obligé d'en abandonner tout espoir, jusqu'au moment où Talbot jugerait bon de revenir de la campagne. Entre-temps, je fréquentai avec assiduité tous les lieux d'amusement public réputés ; et, enfin, dans le théâtre où je l'avais vue pour la première fois, j'eus le suprême bonheur de la rencontrer, et d'échanger à nouveau des regards avec elle. Cela ne se produisit cependant pas avant une quinzaine de jours. Chaque jour, dans l'intervalle, je m'étais enquis de Talbot à son hôtel, et chaque jour le sempiternel « Pas encore rentré » de son valet m'avait jeté dans une crise de colère.

Le soir en question, donc, je me trouvais dans un état tout proche de la folie. Mme Lalande, m'avait-on dit, était une Parisienne — elle était arrivée récemment de Paris — ne risquait-elle pas d'y retourner soudainement ? — d'y retourner avant que Talbot ne revienne — et ne risquait-elle donc pas d'être perdue pour moi à tout jamais ? Cette pensée était trop terrible à supporter. Puisque mon bonheur futur était en jeu, je résolus d'agir avec une détermination virile. En un mot, à la fin de la représentation, je suivis la dame jusqu'à sa résidence, notai l'adresse, et le matin suivant lui envoyai une lettre longue et circonstanciée, dans laquelle je déversais tout mon cœur.

Je parlai hardiment, librement — en un mot, je parlai avec passion. Je ne cachai rien — pas même ma faiblesse. Je fis allusion aux circonstances romanesques de notre première rencontre — et même aux regards que nous avions échangés. J'allai jusqu'à dire que je me sentais sûr de son amour, tout en présentant cette certitude et l'intensité de ma propre dévotion comme autant d'excuses à une conduite qui autrement aurait été impardonnable. En troisième lieu, je parlai de ma crainte qu'elle pût quitter la ville avant que j'eusse l'occasion de lui être présenté selon les règles. Je conclus l'épître la plus follement enthousiaste jamais écrite par un exposé sincère de ma situation matérielle — de ma richesse — et par l'offre de mon cœur et de ma main.

Dans l'angoisse, j'attendis la réponse. Après ce qui me parut l'espace d'un siècle, elle arriva.

Oui, elle *arriva vraiment*. Aussi romanesque que cela puisse paraître, je reçus vraiment une lettre de Mme Lalande — la belle, la riche, l'idolâtrée Mme Lalande. Ses yeux — ses yeux magnifiques, n'avaient pas trahi son noble cœur. En vraie Française qu'elle était, elle avait obéi aux ordres directs de sa raison — aux impulsions généreuses de sa nature — méprisant les pruderies conventionnelles du monde. Elle n'avait *pas* rejeté mes propositions. Elle ne s'était *pas* retranchée dans le silence. Elle ne m'avait *pas* retourné ma lettre sans l'ouvrir. Elle m'en avait même, en réponse, envoyé une, calligraphiée de ses doigts exquis. Elle disait ceci :

« Monsieur Simpson me pardonnera de ne pas maîtriser la belle langue de son pays aussi bien que je le voudrais. Je ne suis arrivée que de fraîche date et n'ai pas encore eu l'opportunité de l'étudier.

« Après cette excuse pour la manière, je dirais cependant hélas que ce que M. Simpson a deviné n'est que trop vrai. Est-il besoin d'en dire plus ? Hélas ! Ne suis-je pas prête à en dire trop ? »

EUGÉNIE LALANDE

Je l'embrassai un million de fois, ce billet aux nobles sentiments, et je fis, à cause de lui, un millier d'autres extravagances qui ont maintenant échappé à ma mémoire. Et Talbot ne *voulait* toujours pas rentrer. Hélas ! s'il s'était seulement fait la plus vague idée du supplice que son absence avait causé à son ami, sa nature compatissante n'aurait-elle pas immédiatement volé à mon secours ? Cependant il ne revenait toujours pas. J'écrivis. Il répondit. Il était retenu par une affaire urgente — mais reviendrait bientôt. Il me demandait de ne pas être impatient — de modérer mes transports — de lire des livres apaisants — de ne rien boire de plus fort que du Hock[1] — et d'appeler à mon aide les consolations de la philosophie. L'idiot ! s'il ne pouvait venir lui-même, pourquoi au nom même

1. *Hock* : vin du Rhin.

de la raison, ne m'avait-il pas joint une lettre de recommandation ? Je lui écrivis à nouveau, le suppliant de m'en envoyer une aussitôt. Ma lettre me fut renvoyée par ce valet, avec la note suivante au crayon. La canaille était allée retrouver son maître à la campagne :

« A quitté S— hier pour une destination inconnue — n'a pas dit où — ni quand il reviendrait — ai donc pensé qu'il valait mieux vous retourner lettre, reconnaissant votre écriture, et sachant combien vous êtes toujours plus ou moins pressé.

« Votre dévoué »,
STUBBS.

Après cela, il est inutile dire que je vouai aux divinités infernales le maître comme le valet : — mais la colère ne servait pas à grand-chose, et les lamentations n'apportaient aucune consolation.

Mais, du fait de ma hardiesse naturelle, j'avais encore une ressource. Jusque-là, elle m'avait bien servi et je décidai alors de la laisser me profiter jusqu'au bout. D'ailleurs, après la correspondance qui avait été échangée entre nous, quel acte de pure inconvenance aurais-je pu commettre, dans les limites tolérées, qui puisse être considéré comme malséant par Mme Lalande ? Depuis l'affaire de la lettre, j'avais pris l'habitude d'épier sa maison et j'avais ainsi découvert que, vers le crépuscule, elle avait l'habitude de se promener, accompagnée seulement d'un nègre en livrée, dans un jardin public sur lequel donnaient ses fenêtres.

Là, parmi les bosquets luxuriants et ombrageux, dans la pénombre grise d'une douce soirée d'été, je saisis l'occasion et je l'abordai.

Pour mieux tromper le serviteur qui l'accompagnait, je le fis avec l'air assuré d'une vieille et familière relation. Avec une présence d'esprit vraiment parisienne, elle saisit aussitôt l'occasion, et, pour me saluer, me tendit la plus ensorcelante petite main. Le valet s'effaça immédiatement et alors, le cœur débordant, nous nous parlâmes longuement et sans réserve de notre amour.

Comme Mme Lalande parlait anglais encore moins couramment qu'elle ne l'écrivait, notre conversation était nécessairement menée en français. Dans cette langue suave, tellement adaptée à la passion, je donnai libre cours à l'enthousiasme impétueux de ma nature, et, avec toute l'éloquence dont je pouvais disposer, je la suppliai de consentir à un mariage immédiat.

Devant cette impatience, elle sourit. Elle allégua la vieille histoire de la convenance — cet épouvantail qui détourne tant de gens du bonheur jusqu'à ce que l'occasion du bonheur soit à tout jamais passée. J'avais fort imprudemment fait savoir à mes amis, me fit-elle remarquer, que je désirais faire sa connaissance — donc que je ne la connaissais pas — et donc encore, il n'était pas possible de cacher la date de notre première rencontre. Et puis, elle fit allusion, en rougissant, à la date extrêmement récente de cette rencontre. Se marier immédiatement serait inconvenant — serait de mauvais goût — serait *outré**. Tout cela, elle le dit avec un charmant air de *naïveté** qui me ravit et en même temps me chagrina et me convainquit. Elle alla même jusqu'à m'accuser, en riant, de témérité — d'imprudence. Elle me dit de me rappeler que je ne savais même pas vraiment qui elle était — quelles étaient ses perspectives, ses relations, sa situation sociale. Elle me pria, mais dans un soupir, de reconsidérer mon offre, et traita mon amour d'engouement — de feu follet — de chimère ou de caprice du moment, une invention injustifiée et instable de l'imagination plutôt que du cœur. Toutes ces choses, elle les dit tandis que les ombres du doux crépuscule s'allongeaient, de plus en plus sombres, autour de nous — et puis, d'une légère pression de sa main de fée, elle détruisit en un seul délicieux instant tout cet échafaudage d'arguments qu'elle avait édifié.

Je répliquai du mieux que je pus — comme seul peut le faire un véritable amoureux. Je parlai longtemps et avec persévérance de ma dévotion, de ma passion, de son excessive beauté, et de ma propre admiration enthousiaste. En conclusion, j'insistai, avec une énergie convaincante, sur les périls qui entourent le cours de l'amour, ce cours du véritable amour qui n'est jamais sans remous — et je montrai ainsi le danger manifeste qu'il y avait à rendre ce cours plus long que nécessaire. Ce dernier argument parut finalement adoucir la rigueur de sa détermination. Elle se laissa fléchir ; mais il y avait encore un obstacle, dit-elle, auquel, elle en était sûre, je n'avais pas prêté assez d'attention. C'était un point délicat — et plus particulièrement lorsque c'était une femme qui le soulevait ; en l'abordant, elle voyait bien qu'elle devait faire le sacrifice de ses sentiments ; mais, pour *moi*, elle était prête à faire n'importe quel sacrifice. Elle faisait allusion à la question de l'*âge*. Me rendais-je compte — me rendais-je pleinement compte de l'écart entre nous deux ? Que l'âge du mari dépassât de quelques années — et même de quinze ou vingt — l'âge de la femme, le monde trouvait cela admissible, et même convenable : mais elle avait toujours eu la conviction que les années de la femme ne devaient *jamais* dépasser en nombre celles du mari. Un écart anormal de ce genre entraînait trop fréquemment, hélas ! une existence malheureuse. Or elle savait que mon âge ne dépassait pas les vingt-deux ans ; et moi, à l'inverse, je ne me rendais peut-être *pas* compte que l'âge de mon Eugénie allait bien au-delà de ce nombre.

Dans tout cela, il y avait une noblesse d'âme — une dignité dans la franchise — qui me ravit — qui m'enchanta — qui riva mes chaînes pour l'éternité. Je pouvais à peine contenir l'extrême transport qui me possédait.

« Ma délicieuse Eugénie, m'écriai-je, de quoi donc êtes-vous en train de me parler ? Votre âge dépasse quelque peu le mien. Et alors ? Les coutumes du monde sont autant de sottises conventionnelles. Pour ceux qui s'aiment comme nous, en quoi une année diffère-t-elle d'une heure ? J'ai vingt-deux ans, dites-vous ; d'accord : en vérité, vous pouvez aussi bien dire tout de suite vingt-trois. Quant à vous-même, ma très chère Eugénie, vous ne pouvez compter plus de — plus de — de — de — de — »

Là, je m'arrêtai un instant, attendant que

Mme Lalande m'interrompît en me donnant son âge véritable. Mais une Française est rarement directe, et a toujours, pour répondre à une question embarrassante, quelque réplique pratique de son cru. Dans le cas présent, Eugénie, qui pendant quelques instants avait semblé chercher quelque chose dans son sein, finit par faire tomber dans l'herbe une miniature que je ramassai aussitôt et que je lui tendis.

« Gardez-la ! » dit-elle, avec un de ses plus ravissants sourires. « Gardez-la pour l'amour de moi — pour l'amour de celle qu'elle représente trop flatteusement. Et puis, au dos de ce bijou, vous pourrez peut-être découvrir le renseignement même que vous semblez désirer. Bien sûr, à cette heure, il commence à faire plutôt sombre — mais vous pourrez l'examiner à loisir demain matin. En attendant, vous allez me raccompagner chez moi ce soir. Mes amis doivent donner une petite soirée musicale. Je peux vous promettre aussi du chant de qualité. Nous autres Français ne sommes pas aussi pointilleux que vous Américains, et je n'aurai aucune difficulté à vous introduire en qualité de vieil ami. »

Sur ces mots, elle prit mon bras et je l'accompagnai chez elle. La demeure était belle, et, je crois, meublée avec bon goût. Sur ce point, cependant, je peux difficilement émettre un jugement ; car il faisait tout juste nuit lorsque nous arrivâmes ; et dans les meilleures maisons américaines, pendant la chaleur de l'été, les lumières font rarement leur apparition à ce moment-là, qui est le moment le plus agréable de la journée. Une heure environ après mon arrivée, bien sûr, on alluma un unique lampadaire à abat-jour dans le salon principal ; et cette pièce, à ce que je pus voir ainsi, était arrangée avec un goût inhabituel et même avec splendeur ; mais les deux autres pièces de l'appartement, dans lesquelles la compagnie se rassembla surtout, restèrent, durant toute cette soirée, dans une fort agréable pénombre. C'est une habitude excellente, qui offre au moins aux invités le choix entre la lumière et la pénombre, une habitude que nos amis d'outre-Atlantique ne pourraient mieux faire que d'adopter immédiatement.

La soirée ainsi passée fut indiscutablement la plus délicieuse de ma vie. Mme Lalande n'avait pas surestimé les talents musicaux de ses amis ; et le chant que j'entendis là, je n'en ai jamais entendu de meilleur dans un salon privé hors de Vienne. Les instrumentistes étaient nombreux et d'un talent supérieur. Les chanteurs étaient surtout des femmes, et toutes étaient bonnes. À la fin, après un appel péremptoire réclamant « Madame Lalande », elle se leva tout de suite, sans affectation ni hésitation, de la *chaise longue** où elle s'était installée auprès de moi, et, accompagnée d'un ou deux messieurs et de son amie de l'opéra, elle gagna le piano dans le grand salon. Je l'aurais bien accompagnée moi-même, mais je pensais qu'étant donné les circonstances de mon introduction dans la maison, il valait mieux que je reste où j'étais sans me faire remarquer. Je fus ainsi privé du plaisir de la voir chanter mais non de celui de l'entendre.

L'impression qu'elle produisit sur l'assistance sembla électrique — mais l'effet sur moi-même fut bien pire encore. Je ne sais comment le décrire correctement. Il provenait en partie sans doute du sentiment d'amour dont j'étais pénétré ; mais surtout du fait que j'étais persuadé de l'extrême délicatesse de la chanteuse. Il est au-delà du pouvoir de l'art d'empreindre un air ou un récitatif d'une *expression* plus passionnée que ne l'était la sienne. Sa façon de chanter la romance d'*Otello* — le ton avec lequel elle prononça les mots « *Sul mio sasso* », dans les *Capulets*[1] — résonne encore dans ma mémoire. Ses notes basses étaient absolument miraculeuses. Sa voix portait sur trois octaves entières, s'étendant du ré du contralto au ré du soprano aigu, et, quoique assez puissante pour remplir le San Carlo[2], exécutait, avec la précision la plus minutieuse, chaque difficulté de composition vocale — gammes montantes et descendantes, cadences ou *fioriture*. Dans le finale de la *Somnambule*[3], elle produisit un effet des plus remarquables sur les mots :

Ah ! non giunge uman pensiero
Al contento ond'io son piena.

Là, à la façon de la Malibran, elle modifia la phrase originale de Bellini, afin de permettre à sa

1. *Otello* : il s'agit de l'opéra de Rossini (1816). *Les Capulets* : *Les Capulets et les Montaigu* de Bellini (1830) où la Malibran travestie triompha dans le rôle de Roméo.

2. *San Carlo* (que Poe écrit San Carlos) : l'opéra de Naples.

3. *La Somnambule* : l'opéra de Bellini (1831) dans lequel avait brillé la Malibran. Les deux vers que prononce Amina à la fin de l'opéra peuvent se traduire par : « Ah ! La pensée humaine ne peut concevoir / Le bonheur dont je suis remplie. »

voix de descendre au sol de ténor, puis, par une rapide transition, elle lança le contre-sol, sautant un intervalle de deux octaves.

Quittant le piano après ces miracles d'exécution vocale, elle regagna son siège à mes côtés ; je lui exprimai alors, en termes du plus profond enthousiasme, la joie que j'avais ressentie devant son interprétation. De ma surprise je ne dis rien, et pourtant j'étais très franchement surpris ; car une certaine faiblesse, ou plutôt une certaine indécision tremblotante de sa voix, dans la conversation ordinaire, m'avait incité à croire que, dans le chant, elle ne ferait pas montre d'une habileté bien remarquable.

Notre conversation fut alors longue, sérieuse, ininterrompue, et totalement sans réserve. Elle me fit raconter de nombreux épisodes de ma vie passée, et elle écouta, en retenant son souffle, chaque mot de mon récit. Je ne cachai rien, — je sentais que j'avais le droit de ne rien cacher à sa confiante affection. Encouragé par sa sincérité sur la délicate question de son âge, non seulement j'entrai avec une parfaite franchise dans le détail de mes nombreux petits défauts, mais encore je fis une confession complète de ces infirmités morales et même physiques dont la révélation, qui exige un si haut degré de courage, n'est qu'une plus sûre preuve d'amour. J'évoquai mes péchés de collège — mes extravagances — mes beuveries — mes dettes — mes flirts. J'allai jusqu'à parler d'une légère toux hectique dont, à un moment, j'avais souffert — d'un rhumatisme chronique — d'une légère atteinte de goutte héréditaire — et, pour conclure, de ce défaut de ma vue, désagréable et gênant, mais jusqu'à présent soigneusement caché.

« Quant à ce dernier point, dit Mme Lalande en riant, vous avez sûrement eu tort de l'avouer ; car, sans cet aveu, je suis sûre que personne ne vous aurait accusé du crime. À propos, continua-t-elle, avez-vous le moindre souvenir » — et à ce moment j'eus l'impression qu'une rougeur, malgré la pénombre de la pièce, apparaissait distinctement sur sa joue — « avez-vous le moindre souvenir, *mon cher ami**, de cette petite aide oculaire qui pend à mon cou ? »

Tout en parlant, elle tournait entre ses doigts le même face-à-main qui m'avait tant rempli de confusion à l'opéra.

« Je m'en souviens fort bien — hélas ! » m'exclamai-je en pressant passionnément la main délicate qui me tendait les lunettes à examiner. Elles constituaient un bibelot compliqué et magnifique, richement ciselé et filigrané, tout scintillant de pierreries dont, malgré cette faible lumière, je ne pouvais manquer de voir qu'elles étaient de grande valeur.

« *Eh bien ! mon ami** », reprit-elle avec un certain *empressement** dans l'attitude qui me surprit plutôt — « *Eh bien ! mon ami**, vous m'avez ardemment priée de vous accorder une faveur qu'il vous a plu de qualifier d'inestimable. Vous m'avez demandé ma main pour demain. Si je devais céder à vos prières — et, puis-je ajouter, aux prières de mon propre cœur — n'aurais-je pas le droit de vous demander en retour une très — très petite faveur ? »

« Dites-la-moi ! » m'écriai-je avec une énergie qui faillit attirer sur nous l'attention de l'assistance, dont la seule présence m'empêchait de me jeter impétueusement à ses pieds. « Dites-la-moi, mon adorée, mon Eugénie, mienne ! — dites-la ! — mais, hélas ! elle est déjà accordée avant même d'être dite. »

« Alors, *mon ami**, dit-elle, pour l'amour de l'Eugénie que vous aimez, vous vaincrez ce petit défaut que vous avez enfin avoué — ce défaut plus moral que physique — et qui, laissez-moi vous le dire, s'accorde si mal à la noblesse de votre véritable nature — coïncide si peu avec la franchise de votre caractère habituel — et qui, si vous le laissez plus longtemps vous dominer, vous entraînera sûrement, tôt ou tard, dans quelque très fâcheuse mésaventure. Vous vaincrez, par amour de moi, cette affectation qui vous pousse, comme vous le reconnaissez vous-même, à la dénégation tacite ou implicite de votre infirmité visuelle. Car, cette infirmité vous la niez virtuellement en refusant d'utiliser les moyens habituels de soulagement. Vous comprendrez donc que je veux que vous portiez des lunettes : — ah, chut ! — vous avez déjà consenti à les porter, *pour l'amour de moi*. Acceptez le petit objet que je tiens à la main, et qui, quoique admirable en tant qu'accessoire pour la vue, n'est pas vraiment de grande valeur en tant que bijou. Vous voyez qu'en le transformant légèrement, comme ceci ou comme cela, il peut être adapté pour les yeux sous forme de lunettes, ou porté dans la poche de gilet comme un monocle. C'est cependant sous sa première forme et en permanence, que vous avez déjà consenti à le porter *pour l'amour de moi*. »

Cette demande — dois-je le confesser ? — me surprit au plus haut point. Mais la condition à laquelle elle était assujettie rendait bien entendu toute hésitation hors de question.

« C'est chose faite ! » m'écriai-je, avec tout l'enthousiasme que je pus rassembler sur le moment. « C'est chose faite — c'est accepté de grand cœur. Je sacrifierai toute vanité par amour de vous. Ce soir je porte ce cher face-à-main, *comme* un monocle, et sur mon cœur ; mais dès l'aube de ce lendemain qui m'apportera le plaisir de vous appeler ma femme, je le mettrai sur mon — sur mon nez, et le porterai toujours ainsi par la suite, de la manière moins romanesque, moins élégante mais certainement plus pratique que vous désirez. »

Notre conversation porta alors sur les détails de nos préparatifs pour le lendemain. Talbot, je l'appris par ma fiancée, venait de rentrer en ville. Il me fallait le voir immédiatement, et me procurer une voiture. La *soirée** ne se terminerait guère avant deux heures ; et à ce moment le véhicule devait être à la porte ; alors, dans la confusion provoquée par le départ de l'assistance, Mme L. pourrait aisément y monter sans être vue. Nous irions ensuite au domicile d'un pasteur qui nous attendrait ; et là, nous nous marierions, abandonnerions Talbot, et partirions pour un court voyage vers l'est, laissant sur place le beau monde faire les commentaires qu'il voulait sur l'affaire.

Ayant arrangé tout cela, je pris immédiatement congé, et me mis en quête de Talbot, mais, sur mon chemin, je ne pus m'empêcher d'entrer dans un hôtel afin d'examiner la miniature ; et ceci, je le fis grâce à l'aide puissante des lunettes. Le visage était d'une beauté surprenante ! Ces grands yeux brillants ! — ce fier nez grec ! — ces boucles sombres et luxuriantes ! — « Ah ! me dis-je, exultant, c'est vraiment l'image parlante de ma bien-aimée ! » Je le retournai et découvris les mots — « Eugénie Lalande — à l'âge de vingt-sept ans et sept mois. »

Je trouvai Talbot chez lui et je me mis aussitôt à lui faire part de ma bonne fortune. Il montra un extrême étonnement, bien sûr, mais me félicita très cordialement, et m'offrit toute l'aide qui était en son pouvoir. En un mot, nous menâmes notre programme à la lettre ; et à deux heures du matin, juste dix minutes après la cérémonie, je me retrouvai dans une voiture fermée avec Mme Lalande — avec Mrs. Simpson, devrais-je dire — roulant à grande vitesse hors de la ville dans une direction nord-est-nord, ou demi-nord.

Comme nous devions rester debout toute la nuit, Talbot avait décidé pour nous que nous ferions notre première halte à C —, un village situé à environ vingt milles de la ville, et que là, nous aurions un petit déjeuner matinal et quelque repos, avant de reprendre notre route. À quatre heures précises, donc, la voiture s'arrêta devant la porte de la principale auberge. J'aidai ma femme adorée à descendre et commandai aussitôt le petit déjeuner. En attendant, on nous fit pénétrer dans un petit salon et nous nous assîmes.

Il faisait maintenant presque jour sinon tout à fait ; et, tandis que je contemplais, ravi, l'ange qui se trouvait à mes côtés, il me vint tout à coup en tête l'idée singulière que c'était vraiment la toute première fois depuis ma rencontre avec la célèbre beauté de Mme Lalande que je pouvais me réjouir de voir de près cette beauté à la lumière du jour.

« Et maintenant, *mon ami**, dit-elle en prenant ma main, et en rompant ainsi te cours de ces réflexions, « et maintenant, *mon cher ami**, puisque nous sommes indissolublement unis — puisque j'ai cédé à vos sollicitations passionnées et rempli ma part de notre arrangement — je présume que vous n'avez pas oublié que vous aussi vous avez une petite faveur à m'accorder — ma petite promesse que vous avez l'intention de tenir. Ah ! voyons ! que je me souvienne ! oui ; je me remémore tout à fait aisément les mots précis de la chère promesse que vous avez faite à Eugénie la nuit dernière. Écoutez ! Vous avez dit ceci "c'est chose faite — c'est accepté de grand cœur. Je sacrifierai toute vanité par amour de vous. Ce soir je porte ce cher face-à-main, *comme* un monocle, et sur mon cœur ; mais dès l'aube de ce lendemain qui m'apportera le plaisir de vous appeler ma femme, je le mettrai sur mon — sur mon nez, et le porterai toujours ainsi par la suite, de la manière moins romanesque, moins élégante mais certainement plus pratique que vous désirez". C'étaient vos paroles exactes, mon mari adoré, n'est-ce pas ? »

« En effet, dis-je, vous avez une excellente mémoire ; et assurément, ma belle Eugénie, je n'ai aucune intention de me soustraire à l'exécution de la promesse insignifiante qu'impliquent ces paroles. Tenez ! Regardez ! Elles me vont bien — plutôt bien — n'est-ce pas ? »

Et là, après avoir donné aux verres la forme ordinaire de lunettes, je les plaçai délicatement dans la position appropriée ; tandis que Mme Simpson, ajustant son bonnet puis croisant les bras, s'asseyait droite sur son fauteuil, dans une position raide, guindée et qui, en vérité, manquait quelque peu de dignité.

« Bonté divine ! » m'écriai-je à l'instant même où la monture de ces lunettes fut posée sur mon nez — « Bonté divine ! — Eh bien, que peuvent bien avoir ces verres ? » et les ôtant rapidement, je les essuyai soigneusement avec un mouchoir de soie puis je les ajustai à nouveau.

Mais si, au premier essai, il s'était produit quelque chose qui m'avait causé de la surprise, au second, cette surprise se mua en stupeur ; et cette stupeur était profonde — était extrême — je peux même dire qu'elle était horrifique. Au nom de tout ce qui est hideux, qu'est-ce que cela pouvait bien signifier ? Pouvais-je en croire mes yeux — le *pouvais-je ?* — c'était la question. Était-ce — était-ce du *rouge** ? Et étaient-ce — et étaient-ce — étaient-ce des *rides* sur le visage d'Eugénie Lalande ? Et oh ! Par Jupiter, et par chacun des dieux et des déesses, petits et grands ! — que — que — que — qu'étaient devenues ses dents ? Je jetai violemment les lunettes par terre, et me dressant d'un bond, je me tins droit au milieu de la pièce, faisant face à Mrs. Simpson, les poings aux hanches, et grimaçant et écumant, mais en même temps absolument muet de terreur et de rage.

Or j'ai déjà dit que Mme Eugénie Lalande — c'est-à-dire Simpson — parlait la langue anglaise mais à peine mieux qu'elle ne l'écrivait ; et pour cette raison, comme il se doit, elle n'essayait jamais de la parler en temps ordinaire. Mais la colère peut porter une dame à n'importe quelle extrémité ; et dans le cas présent, elle porta Mrs. Simpson à cette très extraordinaire extrémité d'essayer de tenir une conversation dans une langue qu'elle ne comprenait pas très bien.

« Eh bien, Monsieur », dit-elle, après m'avoir examiné quelques instants avec un grand étonnement apparent — « eh bien, Monsieur ! — Eh bien quoi ? — qu'est-ce qu'il y a donc maintenant ? Est-ce que vous avez la danse de Saint-Guy ? Si je ne vous plais pas, pourquoi avoir acheté chat en poche ? »

« Misérable ! » dis-je, reprenant mon souffle, « sale — sale — sale vieille sorcière ! »

« Sorcière ? — Vieille ? — mais je ne suis pas si vieille, après tout ! je n'ai pas dépassé d'un jour les quatre-vingt-deux ans. »

« Quatre-vingt-deux ! » lançai-je, titubant vers le mur — « quatre-vingt-deux milliers de babouins ! La miniature disait vingt-sept ans et sept mois ! »

« Bien sûr ! c'est cela ! — très vrai ! mais seulement le portrait a été fait il y a cinquante-cinq ans. Lorsque j'ai épousé mon second mari, M. Lalande — à cette époque, j'ai fait faire ce portrait pour la fille que j'avais eue de mon premier mari, M. Moissart. »

« Moissart ! » dis-je.

« Oui, Moissart », dit-elle, imitant ma prononciation, qui pour dire la vérité, n'était pas des meilleures ; et alors ? que savez-vous à propos de Moissart ? »

« Rien, vieille horreur ! — Je ne sais rien du tout de lui ; seulement que j'ai eu un ancêtre de ce nom, autrefois. »

« Ce nom ! Et qu'avez-vous à dire à propos de ce nom ? c'est un nom excellent ; de même Voissart — c'est aussi un nom excellent. Ma fille, Mlle Moissart, a épousé un M. Voissart ; et ces noms sont très respectables l'un et l'autre. »

« Moissart ? m'écriai-je, et Voissart ! Eh bien, que voulez-vous dire ? »

« Ce que je veux dire ? — Je veux dire Moissart et Voissart ; et quant à cela, je veux dire Croissart et Froissart aussi, si seulement je trouve bon de le dire. La fille de ma fille, Mlle Voissart, a épousé un M. Croissart, et puis à nouveau, la petite-fille de ma fille, Mlle Croissart, a épousé un M. Froissart ; et je suppose que vous allez dire que *ça*, ce n'est pas un nom *très* respectable. »

« Froissart ! dis-je, près de m'évanouir, voyons, vous ne voulez sûrement pas dire Moissart et Voissart et Croissart et Froissart ? »

« Si », répliqua-t-elle, se renversant complètement dans son fauteuil et déployant ses jambes de tout leur long ; « si, Moissart et Voissart et Croissart et Froissart. Mais M. Froissart était un grand sot, comme vous dites, — c'était un grand âne comme vous-même — car il a quitté *la belle France* pour venir dans cette stupide Amérique — et lorsqu'il est arrivé ici, il a eu un fils vraiment très, très, très stupide, d'après ce que j'en ai appris, quoique je n'aie pas encore eu le plaisir de le rencontrer — ni moi ni ma compagne, Mme Stéphanie Lalande. Son nom est Napoléon Bonaparte Froissart, et je suppose que vous allez dire que *ça* non plus ce n'est pas un nom *très* respectable. »

La longueur, ou peut-être la nature de ce discours eut pour effet de déclencher chez Mrs. Simpson une crise vraiment très extraordinaire : et comme elle l'achevait, avec beaucoup de difficulté, elle sauta de son fauteuil comme une possédée, laissant choir sur le sol au moment où elle sautait tout un lot de tournures[1]. Une fois sur ses pieds, elle grinça des gencives, allongea les bras, remonta ses manches, me menaça du poing le visage, et conclut la scène en arrachant le bonnet de sa tête, et avec lui une immense perruque composée de magnifiques cheveux noirs de la plus grande valeur, jetant tout l'ensemble sur le sol en hurlant, et là, elle le piétina et dansa dessus un fandango, au paroxysme absolu du délire et de la rage.

Entre-temps je m'étais laissé tomber accablé dans le fauteuil qu'elle venait de quitter. « Moissart et Voissart ! » répétai-je pensivement tandis qu'elle effectuait une de ses ailes-de-pigeon, « et Croissart et Froissart ! » tandis qu'elle en faisait une autre — « Moissart et Voissart et Croissart et Napoléon Bonaparte Froissart ! — eh bien, ineffable vieux serpent, c'est *moi*, ça — c'est *moi* — entends-tu ? — c'est *moi* » — et là je me mis à hurler à tue-tête — « c'est *moi-oi-oi !* Je suis Napoléon Bonaparte Froissart ! et si je n'ai pas épousé mon arrière-

1. *Tournures* : « *bustle* ». Il s'agit du terme de couture désignant les coussins ou rembourrages que les dames mettaient sous leurs robes afin d'arrondir telle ou telle partie de leur corps.

arrière-grand-mère, que je sois à tout jamais damné ! »

Mme Eugénie Lalande, *quasi* Simpson — anciennement Moissart — était, tout simplement, mon arrière-arrière-grand-mère. Dans sa jeunesse elle avait été belle et, même à quatre-vingt-deux ans, elle gardait la taille majestueuse, le contour sculptural du visage, les beaux yeux et le nez grec de son adolescence. Grâce à cela, au fard blanc, au rouge, à la perruque, aux fausses dents, et à la fausse *tournure**, et tout autant grâce aux plus habiles *modistes** de Paris, elle parvenait à garder un rang respectable parmi les beautés *un peu passées** de la capitale française. Dans cette mesure, on pouvait en vérité la considérer à peu près comme l'égale de la célèbre Ninon de Lenclos.

Elle était immensément riche et, restée pour la seconde fois veuve sans enfant, elle s'était souvenue de mon existence en Amérique et, dans l'intention de faire de moi son héritier, était venue visiter les États-Unis en compagnie d'une parente éloignée de son second mari, une extrêmement jolie femme — Mme Stéphanie Lalande.

À l'opéra, l'attention de mon arrière-arrière-grand-mère fut attirée par ma curiosité ; et, en m'observant à l'aide de son face-à-main, elle avait été frappée par un certain air de famille que j'avais avec elle. Ainsi intéressée, et sachant que l'héritier qu'elle recherchait était alors en ville, elle se renseigna auprès de son compagnon à mon sujet. Le monsieur qui l'accompagnait connaissait ma personne et lui dit qui j'étais. L'information ainsi obtenue la poussa à renouveler son examen ; et ce fut cet examen qui m'enhardit au point que je me conduisis de la manière absurde que j'ai déjà décrite. Elle me rendit mon salut cependant, avec l'impression que, par quelque étrange hasard, j'avais découvert son identité. Lorsque, trompé par le défaut de ma vue, et par les artifices de la toilette à propos de l'âge et des charmes de la dame étrangère, je demandai avec tant d'enthousiasme à Talbot qui elle était, il pensa que je voulais parler de la beauté la plus jeune, de toute évidence, et m'apprit ainsi, en toute vérité, que c'était « la célèbre veuve, Mme Lalande ».

Dans la rue, le lendemain matin, mon arrière-arrière-grand-mère rencontra Talbot, une de ses vieilles relations de Paris ; et la conversation, tout naturellement, tomba sur moi. Le défaut de ma vue fut alors expliqué ; car il était notoire, encore que je fusse tout à fait ignorant de cette notoriété ; et ma bonne vieille parente découvrit, à son grand dépit, qu'elle avait fait erreur en me croyant averti de son identité, et que je m'étais tout simplement conduit comme un sot en faisant ouvertement la cour, dans un théâtre, à une vieille femme inconnue. Pour me punir de cette imprudence, elle monta un complot avec Talbot. Il resta volontairement hors de ma vue pour ne pas avoir à me donner la lettre d'introduction. Mes questions dans la rue à propos de « la jolie veuve, Mme Lalande » étaient censées se référer à la dame la plus jeune, bien sûr ; et ainsi la conversation avec les trois messieurs que je rencontrai peu après avoir quitté l'hôtel de Talbot, peut s'expliquer facilement, de même que leur allusion à Ninon de Lenclos. Je n'eus aucune occasion de voir Mme Lalande de près à la lumière du jour, et, à sa *soirée** musicale, ma ridicule faiblesse de refuser l'aide des lunettes m'empêcha tout à fait de découvrir son âge. Quand on demanda à « Mme Lalande » de chanter, c'était à la jeune qu'on s'adressait ; et ce fut elle qui se leva pour répondre à la demande ; mon arrière-arrière-grand-mère, pour pousser encore plus loin la duperie, se leva au même moment et l'accompagna jusqu'au piano dans le salon principal. Si j'avais décidé de l'escorter jusque-là, elle avait l'intention de suggérer qu'il était plus convenable pour moi de rester où j'étais ; mais ma propre prudence rendit cela inutile. Les airs que j'avais tant admirés, et qui renforcèrent tellement mon impression sur la jeunesse de ma bien-aimée, furent exécutés par Mme Stéphanie Lalande. Le face-à-main fut offert pour ajouter le blâme à la mystification — une façon d'aiguiser l'épigramme de la duperie. Ce don fournit l'occasion du sermon sur l'affectation qui m'avait si particulièrement édifié. Il est presque superflu d'ajouter que les verres de l'instrument porté par la vieille dame avaient été échangés par elle contre une paire mieux adaptée à mon âge. Ils m'allaient, en fait, à la perfection.

Le pasteur, qui fit seulement semblant de nouer le lien fatal, était un joyeux compagnon de Talbot, et non un prêtre. C'était par contre un excellent conducteur ; et après avoir ôté sa soutane pour enfiler une capote, il conduisit le fiacre qui emportait l'« heureux couple » hors de la ville. Talbot avait pris place à son côté. Les deux coquins étaient donc là pour « le bouquet final » et, par une fenêtre entrouverte du salon arrière de l'auberge, ils s'amusaient en ricanant du *dénouement** du drame. Je crois que je serai forcé de les provoquer tous les deux en duel.

Néanmoins, je ne suis *pas* le mari de mon arrière-arrière-grand-mère ; et c'est une pensée qui m'apporte un soulagement infini ; — mais je *suis* le mari de Mme Lalande — de Mme Stéphanie Lalande — avec qui ma bonne vieille parente, après avoir fait de moi son seul héritier lorsqu'elle mourra — si jamais cela lui arrive — s'est donné la peine de combiner une alliance. En conclusion : j'en ai fini à jamais avec les *billets doux**, et on ne me rencontre jamais plus sans LUNETTES.

« C'est toi l'homme »

Je vais maintenant jouer l'Œdipe de l'énigme de Rattlebourg. Je vais vous expliquer — comme moi seul je le puis — le secret de la machinerie qui produisit le miracle de Rattlebourg — le seul, le vrai, le reconnu, l'indiscuté, l'indiscutable miracle qui mit un terme définitif à l'incroyance des Rattlebourgeois, et convertit à l'orthodoxie des vieilles dames tous les esprits charnels qui avaient auparavant été sceptiques.

Cet événement — que je m'en voudrais beaucoup de traiter sur un ton de légèreté déplacée — se produisit au cours de l'été 18—. M. Barnabas Shuttleworthy — l'un des plus riches et des plus respectables citoyens du bourg — avait disparu depuis plusieurs jours dans des circonstances qui portaient à imaginer quelque mauvais coup. M. Shuttleworthy avait quitté Rattlebourg très tôt un samedi matin, à cheval, avec l'intention déclarée de se rendre à la ville de —, éloignée d'environ quinze milles, et de revenir le soir même. Deux heures après son départ, cependant, son cheval revint sans lui et sans les sacoches de selle dont il avait été harnaché au départ. De plus, l'animal était blessé et couvert de boue. Naturellement, ces circonstances provoquèrent beaucoup d'émotion parmi les amis du disparu ; et quand, le dimanche matin, on s'aperçut qu'il n'avait toujours pas reparu, tout le bourg s'apprêta à partir *en masse** à la recherche de son corps.

Le tout premier et le plus énergique dans l'organisation de ces recherches ce fut le meilleur ami de M. Shuttleworthy — un certain M. Charles Goodfellow, ou plutôt, comme tout le monde l'appelait, « Charlie Goodfellow », ou « le vieux Charlie Goodfellow ». Or, qu'il s'agisse là d'une merveilleuse coïncidence ou bien que le nom lui-même ait une imperceptible influence sur le caractère, je n'ai jamais pu en décider ; mais le fait est incontestable, on n'a encore jamais vu quelqu'un prénommé Charles qui ne fût un type ouvert, humain, honnête, accommodant et franc, possédant une voix riche et claire qui vous fait du bien rien qu'à l'entendre, et des yeux qui vous regardent toujours droit en face comme pour dire : « J'ai moi-même la conscience tranquille, n'ai peur de personne, et suis incapable de commettre une mauvaise action. » Et ainsi, à la scène, tous les « batteurs d'estrade » cordiaux et insouciants, on peut être absolument certain qu'ils s'appellent Charles.

Donc, le « Vieux Charlie Goodfellow », quoiqu'il n'habitât à Rattlebourg que depuis environ six mois, et quoique personne ne sût rien de lui avant qu'il ne vînt s'installer dans le voisinage, n'avait pas eu la moindre difficulté à lier connaissance avec tous les gens respectables du bourg. Pas une de ces personnes qui ne lui aurait, à n'importe quel moment, avancé un millier de dollars sur sa simple parole ; et quant aux femmes, il est impossible de dire ce qu'elles n'auraient pas fait pour l'obliger. Et tout cela venait de ce qu'il avait été baptisé Charles et qu'il possédait, en conséquence, ce visage franc qui est proverbialement la « meilleure lettre de recommandation [1] ».

J'ai déjà dit que M. Shuttleworthy était un des hommes les plus respectables de Rattlebourg, et, indiscutablement, il était le plus riche, et j'ai dit aussi que « le vieux Charlie Goodfellow » avait avec lui des relations aussi intimes que s'il eût été son propre frère. Les deux vieux messieurs étaient voisins et, bien que M. Shuttleworthy ne rendît visite que rarement, et même jamais, au « Vieux Charlie » et qu'on ne l'eût jamais vu prendre de repas chez lui, cela n'empêchait pas les deux amis d'être extrêmement intimes, comme je viens de le noter ; car le « Vieux Charlie » ne laissait jamais passer un jour sans entrer trois ou quatre fois voir comment allait son voisin, et très souvent il restait pour le petit déjeuner ou pour le thé, et presque toujours pour le dîner ; et alors, il aurait été vraiment difficile d'évaluer la quantité de vin qu'ingurgitaient en une séance les deux compères. Le cru favori du « Vieux Charlie » était le château-margaux, et M. Shuttle-

1. La meilleure lettre de recommandation : allusion au proverbe anglais « *A good face is a letter of recommendation* » (XVIIe siècle).

worthy semblait se réjouir de voir le bonhomme en avaler litre après litre ; si bien qu'un jour, alors que le vin était *entré* et que l'esprit, par une conséquence naturelle, était quelque peu *sorti*, il dit à son compère en lui donnant une claque dans le dos : « Je vais te dire quelque chose, "Vieux Charlie", tu es, à tous égards, le meilleur type que j'aie jamais rencontré depuis ma naissance ; et puisque tu aimes tant que ça lamper du vin, je veux bien être damné si je ne te fais pas cadeau d'une grande caisse de château-margaux. Dieu me damne », — (M. Shuttleworthy avait la triste habitude de jurer, quoiqu'il n'allât que rarement au-delà de « Dieu me damne », ou « Par Dieu », ou « Nom de Dieu ») — « Dieu me damne, dit-il, si je ne passe commande en ville dès cet après-midi d'une double caisse du meilleur qu'on puisse trouver pour t'en faire cadeau, oui ! — inutile de dire un mot maintenant — je vais le faire, te dis-je, c'est une affaire réglée ; tu peux donc y compter — elle arrivera un beau jour juste au moment où tu t'y attendras le moins ! » Je mentionne ce petit bout de libéralité de la part de M. Shuttleworthy, simplement pour vous montrer quelle très grande intimité existait entre les deux amis.

Eh bien, le dimanche matin en question, lorsqu'on finit par se douter que M. Shuttleworthy avait été victime d'un guet-apens, jamais je ne vis quelqu'un d'aussi profondément affecté que le « Vieux Charlie Goodfellow ». Lorsqu'il apprit d'abord que le cheval était rentré sans son maître, et sans les sacoches de son maître, et tout ensanglanté par un coup de pistolet qui avait traversé de part en part le poitrail du pauvre animal sans le tuer tout à fait — quand il apprit tout cela, il devint pâle comme si le disparu avait été son propre frère ou son père bien-aimé, et il frissonna puis se mit à trembler comme s'il était en proie à un accès de fièvre.

Tout d'abord, il fut bien trop accablé de chagrin pour être en mesure de faire quoi que ce soit ou pour décider d'un plan d'action ; si bien que pendant un long moment, il s'efforça de dissuader les autres amis de M. Shuttleworthy de donner du retentissement à l'affaire, pensant qu'il valait mieux attendre un peu — par exemple une semaine ou deux, voire un mois ou deux — pour voir si rien de nouveau ne se produisait, ou si M. Shuttleworthy ne reviendrait pas tout naturellement expliquer quelles raisons il avait eues de renvoyer d'abord son cheval. Je suis sûr que vous avez souvent observé cette tendance à temporiser, ou à remettre à plus tard, qu'ont les gens en proie à un très poignant chagrin. Leurs facultés mentales semblent avoir été engourdies, au point qu'ils ont en horreur tout ce qui ressemble à de l'action, et n'aiment rien tant au monde que de rester tranquillement au lit pour « soigner leur peine », comme disent les vieilles dames — c'est-à-dire pour ruminer leur souci.

En fait, les gens de Rattlebourg avaient une si haute opinion de la perspicacité et du jugement du « Vieux Charlie » que la plupart d'entre eux se sentaient disposés à l'approuver, et à ne pas bouger dans cette affaire « avant que quelque chose ne se produisît », ainsi que le formula le brave vieux monsieur ; et je crois qu'après tout c'eût été la détermination générale sans l'intervention fort suspecte du neveu de M. Shuttleworthy, un jeune homme de mœurs très dissipées et par ailleurs de réputation douteuse. Ce neveu dont le nom était Pennifeather, ne voulut rien entendre pour ce qui était de « rester tranquille », mais insista pour qu'on partît immédiatement à la recherche du « corps de l'homme assassiné ». Ce fut l'expression qu'il employa ; et M. Goodfellow remarqua alors avec perspicacité que c'était « une *singulière* expression, pour ne pas dire plus ». Aussi cette remarque du « Vieux Charlie » fut-elle d'un grand effet sur la foule ; et l'on entendit quelqu'un dans l'assemblée demander très solennellement « comment il se faisait que le jeune M. Pennifeather pût connaître avec tant de précision toutes les circonstances entourant la disparition de son riche oncle, au point de se sentir autorisé à affirmer, distinctement et sans équivoque, que son oncle *était* "un homme assassiné" ». Là-dessus, il y eut quelques railleries et quelques chamailleries entre diverses personnes du groupe, et en particulier entre le « Vieux Charlie » et M. Pennifeather — mais cet incident-là ne fut pourtant en rien une nouveauté, car la bonne entente n'avait guère régné entre les deux parties au cours des trois ou quatre derniers mois ; et les choses en étaient même arrivées si loin que M. Pennifeather avait carrément renversé d'un coup de poing l'ami de son oncle prétextant quelque excès de liberté que celui-ci avait pris dans la maison de l'oncle où le neveu logeait. On disait même qu'en cette occasion le « Vieux Charlie » avait fait preuve d'une modération et d'une charité chrétienne exemplaires. Il se releva après le coup, rajusta ses vêtements, et ne fit aucune tentative de représailles — se bornant à murmurer quelques mots comme « aurai une vengeance sommaire à la première occasion » — une bouffée de colère naturelle et fort justifiable, qui ne voulait rien dire, cependant, et qui, sans doute, fut à peine manifestée qu'aussitôt oubliée.

Quoi qu'il en soit de ces questions (qui n'ont pas de rapport avec la présente affaire), il est bien certain que les gens de Rattlebourg, surtout persuadés par M. Pennifeather, se déterminèrent à la longue à se disperser dans la campagne environnante à la recherche de M. Shuttleworthy, le disparu. Je dis que c'est à cela d'abord qu'ils se déterminèrent. Après qu'on eut unanimement décidé qu'une recherche devait être entreprise, on considéra presque comme évident que les chercheurs se disperseraient — c'est-à-dire se diviseraient en groupes — afin d'effectuer une fouille plus complète de la région environnante. J'oublie cependant par quelle ingénieuse suite de raisonnements, le « Vieux Charlie » convainquit en fin de compte l'assemblée que c'était le plan le moins judicieux que l'on pût suivre. Toujours est-il qu'il les convainquit — tous, sauf M. Pennifeather ; et, à la fin, on décida qu'une recherche soigneuse et très méticuleuse serait faite par les villageois *en masse**, le « Vieux Charlie » lui-même en prenant la direction.

Quant à cela, on n'aurait pu trouver meilleur guide que le « Vieux Charlie » dont chacun savait qu'il avait un œil de lynx, mais quoiqu'il les conduisît dans toutes sortes de trous et de recoins écartés, par des routes dont personne n'avait jamais soupçonné l'existence dans les environs, et quoique les recherches fussent menées en permanence jour et nuit pendant près d'une semaine, nulle trace de M. Shuttleworthy ne put être découverte. Quand je dis nulle trace, on ne doit cependant pas prendre ce que je dis à la lettre ; car des traces, dans une certaine mesure, il y en avait bien. Le pauvre monsieur avait été suivi, grâce aux fers de son cheval (qui étaient caractéristiques) jusqu'en un point situé à environ trois milles à l'est du bourg, sur la grand-route menant à la ville. Là, la piste bifurquait et passait par un sentier qui traversait un bois — le sentier débouchait à nouveau sur la grand-route, et permettait ainsi un raccourci d'environ un demi-mille par rapport à la distance normale. En suivant les empreintes de sabots le long de ce sentier, le groupe arriva enfin à un étang d'eau stagnante, à demi caché par les ronces sur la droite du sentier, et, en face de cet étang, disparaissait tout vestige de la piste. Il apparut cependant qu'une sorte de lutte avait eu lieu là, et il semblait qu'un corps grand et lourd, beaucoup plus grand et beaucoup plus lourd qu'un homme, avait été traîné depuis le sentier jusqu'à l'étang. Ce dernier fut soigneusement dragué deux fois mais on ne trouva rien ; et le groupe était prêt à repartir, désespérant de parvenir à aucun résultat, lorsque la Providence souffla à M. Goodfellow qu'il serait opportun de drainer l'eau complètement. Ce projet fut accueilli par des bravos et par maints compliments sur la perspicacité et sur le sérieux du « Vieux Charlie ». Comme de nombreux citoyens avaient apporté des pelles avec eux, le drainage fut facilement et rapidement exécuté ; et le fond ne fut pas plus tôt visible qu'on découvrit au beau milieu de la vase qui restait un gilet de velours de soie noir que presque tous les gens présents reconnurent aussitôt comme appartenant à M. Pennifeather. Ce gilet était tout déchiré et maculé de sang, et il y eut plusieurs personnes dans le groupe pour se souvenir nettement que son propriétaire le portait le matin même du départ de M. Shuttleworthy pour la ville ; il y en eut même d'autres encore, prêtes à témoigner sous serment, si on le leur demandait, que M. P. ne portait *pas* le vêtement en question pendant tout le *reste* de cette journée mémorable ; et, en outre, il ne s'en trouva pas une pour dire qu'elle l'avait vu sur la personne de M. P. à quelque moment que ce fût depuis la disparition de M. Shuttleworthy.

Les choses avaient maintenant pris une tournure sérieuse pour M. Pennifeather, et l'on constata, comme une confirmation absolue des soupçons qui pesaient sur lui, qu'il était devenu excessivement pâle et, lorsqu'on lui demanda ce qu'il avait à dire pour sa défense, il fut absolument incapable de dire un mot. Sur quoi, les rares amis que son mode de vie dissipé lui avait laissés l'abandonnèrent aussitôt jusqu'au dernier et se firent même plus braillards encore que ses ennemis anciens et déclarés pour demander son arrestation immédiate. Mais alors, d'un autre côté, la magnanimité de M. Goodfellow, par contraste, en resplendit avec le plus grand éclat. Il se lança dans un plaidoyer chaleureux et d'une vive éloquence en faveur de M. Pennifeather, plaidoyer dans lequel il fit plus d'une fois allusion au pardon qu'il avait lui-même accordé à ce fougueux jeune homme — « l'héritier du riche M. Shuttleworthy » — pour l'insulte que lui (le jeune monsieur) avait, sans doute dans l'emportement de la passion, cru bon de lui infliger à lui (M. Goodfellow). « Il la lui avait pardonnée, dit-il, du plus profond du cœur ; et quant à lui (M. Goodfellow), bien loin de pousser jusqu'à cette extrémité les soupçons qui, il était désolé de le constater, s'étaient véritablement accumulés contre M. Pennifeather, lui (M. Goodfellow) ferait tous les efforts qu'il pourrait, emploierait toute la faible éloquence qu'il possédait, pour — pour — pour — adoucir autant qu'il pourrait en toute conscience le faire les pires aspects de cette affaire en vérité extrêmement troublante. »

M. Goodfellow continua pendant près d'une demi-heure sur ce ton, tout à l'honneur de son esprit et de son cœur ; mais les gens au grand cœur sont rarement pertinents dans leurs remarques — dans l'impétuosité de leur zèle à servir un ami, ils se précipitent dans toutes sortes de gaffes, de *contretemps** et de *mal à propos-ismes** [1] — et ainsi, souvent avec les meilleures intentions du monde,

1. *Mal à propos-isme* : Poe forge ce mot mais l'écrit « *mal à propos-isms* ».

ils font infiniment plus pour nuire à sa cause que pour la faire avancer.

C'est, dans le cas présent, ce qui se produisit avec l'éloquence du « Vieux Charlie » ; car, bien qu'il fît de sérieux efforts en faveur du suspect, il se trouva pourtant que d'une façon ou d'une autre chaque syllabe qu'il prononçait, dont le but direct mais inconscient était de ne pas flatter la bonne opinion de l'auditoire vis-à-vis de l'orateur, avait pour effet d'augmenter les soupçons pesant déjà sur l'individu dont il plaidait la cause et de soulever contre lui la fureur de la foule.

L'une des erreurs les plus inexplicables que commit l'orateur fut de faire allusion au suspect en tant qu' « héritier de l'honorable vieux monsieur, M. Shuttleworthy ». Les gens n'y avaient encore jamais vraiment pensé. Ils se rappelaient seulement certaines menaces de déshéritement proférées un ou deux ans auparavant par l'oncle (qui n'avait d'autre parent vivant que son neveu), et ils avaient donc toujours considéré ce déshéritement comme une affaire conclue — c'est dire combien les Rattlebourgeois étaient une race d'êtres naïfs ; mais la remarque du « Vieux Charlie » les amena d'un coup à réviser ce point de vue et leur permit d'envisager la probabilité que les menaces n'aient été rien de *plus* que des menaces. Et alors se posa aussitôt la question fondamentale du *Cui bono ?* — une question qui, bien plus encore que le gilet, poussait à imputer le terrible crime au jeune homme.

Et ici, de crainte d'être mal compris, permettez-moi un moment de digression juste afin d'observer que la locution latine extrêmement brève et simple que je viens d'employer est invariablement mal traduite et mal comprise. « *Cui bono ?* » dans tous les romans célèbres et aussi ailleurs — par exemple dans ceux de Mme Gore[1] (l'auteur de *Cecil*), une dame qui fait des citations dans toutes, les langues depuis le chaldéen jusqu'au chickasaw[2], et dont l'érudition est soutenue « à la demande », selon un plan systématique, par M. Beckford — dans tous les romans célèbres, dis-je, depuis ceux de Bulwer et de Dickens jusqu'à ceux de Tiralaligne et d'Ainsworth, les deux petits mots latins *cui bono* sont traduits par « dans quelle intention ? » ou encore (comme si c'était *quo bono*), « pour quel bien ? ». Toutefois leur vrai sens est « à l'avantage de qui ? ». *Cui*, à qui ; *bono*, le bénéfice. C'est une phrase purement légale et précisément applicable dans des cas comme celui que nous sommes en train d'examiner, là où la probabilité que quelqu'un soit l'auteur d'un acte dépend de la probabilité des bénéfices que tel ou tel individu retirera de l'accomplissement de l'acte. Or, dans le cas présent, la question *Cui bono ?* impliquait très précisément M. Pennifeather. Après avoir fait un testament en sa faveur, son oncle l'avait menacé de le déshériter. Mais la menace n'avait pas vraiment été suivie d'effet ; le testament original, ainsi qu'il apparut, n'avait pas été modifié. S'il *l'avait été*, le seul mobile de

1. Catherine Gore (1799-1861) avait publié *Cecil* en 1841. Les allusions de Poe rappellent que cette romancière britannique avait été accusée d'avoir plagié le *Vatheck* de William Beckford.
2. *Chickasaw* : une tribu indienne des États-Unis.

meurtre imputable au suspect eût été la banale vengeance ; et même ceci eût été contrebalancé par l'espoir d'un retour dans les bonnes grâces de l'oncle. Mais le testament n'ayant pas été modifié, alors que la menace de modification restait suspendue au-dessus de la tête du neveu, il en découlait immédiatement la présomption de crime la plus élevée possible ; ainsi conclurent, très sagement, les dignes citoyens du bourg de Rattle.

M. Pennifeather fut, en conséquence, arrêté sur-le-champ, et la foule, après quelques autres recherches, rentra en le tenant sous bonne garde. En route cependant, il se produisit un autre incident qui tendit à confirmer les soupçons déjà amorcés. On vit soudain M. Goodfellow, que son zèle conduisait à être toujours un peu en avance sur le groupe, courir soudain quelques pas en avant, se baisser et puis ramasser visiblement dans l'herbe quelque petit objet. On remarqua aussi qu'après l'avoir rapidement examiné, il amorçait un geste pour le cacher dans la poche de sa veste ; mais ce geste fut remarqué, comme je le disais, et donc empêché, et l'objet recueilli s'avéra alors être un couteau espagnol qu'une douzaine de personnes reconnurent aussitôt comme appartenant à M. Pennifeather. D'ailleurs, ses initiales étaient gravées sur le manche. La lame de ce couteau était ouverte et tachée de sang.

Il ne subsistait désormais plus aucun doute quant à la culpabilité du neveu, et, dès qu'on arriva à Rattlebourg, il fut amené devant un juge pour être interrogé.

Ici encore, les choses prirent un tour très défavorable. Le prisonnier, questionné sur l'emploi de son temps le matin de la disparition de M. Shuttleworthy, eut l'extrême audace de reconnaître que ce matin-là il était sorti avec son fusil pour chasser le cerf dans les parages immédiats de l'étang où le gilet taché de sang avait été découvert grâce à la perspicacité de M. Goodfellow.

Ce dernier s'avança alors et, les larmes aux yeux, demanda à être interrogé. Il dit que le rigoureux sens du devoir qu'il observait envers son Créateur non moins qu'envers ses semblables ne lui permettait pas de rester silencieux plus longtemps. Jusque-là, sa très sincère affection pour le jeune homme (malgré les mauvais traitements qu'il en avait reçus, lui, M. Goodfellow) l'avait conduit à faire toutes les hypothèses que pouvait lui inspirer son imagination afin d'essayer d'expliquer ce qui paraissait suspect dans les faits qui parlaient si fort à l'encontre de M. Pennifeather ; mais ces faits étaient maintenant *trop* convaincants — *trop* accablants ; il n'hésiterait plus — il dirait tout ce qu'il savait, bien que son cœur (celui de M. Goodfellow) fût absolument déchiré par l'épreuve. Il poursuivit alors en déclarant que l'après-midi du jour précédant le départ de M. Shuttleworthy pour la ville, cet excellent vieux monsieur avait annoncé à son neveu, et *lui* (M. Goodfellow) l'avait entendu, que le but de son voyage en ville le lendemain était de déposer une somme d'argent exceptionnellement importante à la « Banque de l'agriculture et de l'industrie », et que, au même moment ledit M. Shuttleworthy avait nettement avoué audit neveu sa détermination irrévocable d'annuler le testament précédemment rédigé, et de le laisser sans un shilling. Lui (le témoin) en appelait donc solennellement à l'accusé pour qu'il déclarât si ce qu'il (le témoin) venait de dire était ou n'était pas la vérité dans son moindre détail. À la grande surprise de tous ceux qui étaient présents, M. Pennifeather admit franchement que *ça l'était*.

Le juge considéra alors de son devoir d'envoyer deux policiers fouiller la chambre de l'accusé dans la maison de son oncle. Ils revinrent presque aussitôt avec la sacoche bien connue, en cuir brun et à bordure de fer, que le vieux monsieur avait eu l'habitude de porter depuis des années. Cependant les valeurs qu'elle contenait avaient été soustraites, et le juge essaya vainement d'arracher au prisonnier l'usage qu'il en avait fait et l'endroit où il les avait cachées. En vérité, il nia obstinément savoir quoi que ce soit de l'affaire. Les policiers découvrirent aussi, entre le lit et le matelas du malheureux jeune homme, une chemise et un mouchoir brodés tous deux à ses initiales et tous deux horriblement tachés du sang de la victime.

À ce moment, on annonça que le cheval de la victime venait d'expirer dans l'écurie des suites de la blessure qu'il avait reçue, et M. Goodfellow proposa qu'une autopsie de la bête fût immédiatement pratiquée dans la perspective, si possible, de découvrir la balle. Ce qui fut donc fait ; et, comme pour prouver au-delà de toute question la culpabilité de l'accusé, M. Goodfellow, après une longue exploration de la cavité thoracique, parvint à découvrir et à extraire une balle d'un calibre extraordinaire, qui, à l'essai, se trouva s'adapter exactement au canon du fusil de M. Pennifeather, alors qu'elle était beaucoup trop grande pour celui de toute autre personne du bourg ou des environs. En outre, pour renforcer encore la certitude en cette affaire, on découvrit que cette balle avait une paille ou une fissure formant un angle droit avec la suture habituelle ; et, à l'examen, cette fissure correspondit précisément à une arête ou à un relief accidentel dans une paire de moules à balles que l'accusé reconnut comme lui appartenant personnellement. Après la découverte de cette balle, le juge d'instruction refusa d'entendre tout autre témoignage et renvoya immédiatement le prisonnier devant le tribunal — repoussant obstinément toute mise en liberté sous caution, quoique M. Goodfellow se fût très vivement élevé contre cette sévérité et eût offert de se porter garant, quelle que soit la somme qui serait réclamée. Cette générosité de la part du « Vieux Charlie » était bien en accord avec le caractère général de sa conduite aimable et chevaleresque pendant tout le temps de son séjour dans le bourg de Rattle. Dans le cas présent, l'excellent homme avait été si vivement entraîné par l'excessive chaleur de sa sympathie qu'il semblait avoir presque oublié, lorsqu'il proposa de se porter garant pour son jeune ami, que lui-même (M. Goodfellow) ne possédait pas même la valeur d'un simple dollar de bien sur toute la surface de la terre.

Le résultat de ce renvoi est facile à deviner. Au milieu des imprécations bruyantes de tout Rattlebourg, M. Pennifeather fut amené devant le tribunal à la première session des assises, et on considéra alors que l'enchaînement des présomptions (renforcé qu'il fut par quelques faits décisifs supplémentaires que la conscience chatouilleuse de M. Goodfellow lui interdisait de cacher à la Cour) était si continu et si étroitement concluant que le jury, sans même se retirer, rendit immédiatement un verdict de « culpabilité de meurtre avec préméditation ». Bientôt après, le pauvre misérable entendit prononcer la sentence de mort et fut renvoyé à la prison du comté pour y attendre l'inexorable vengeance de la loi.

Pendant ce temps-là, la noble conduite du « Vieux Charlie Goodfellow » l'avait rendu doublement cher aux honnêtes citoyens du bourg. Il fut dix fois plus recherché que jamais ; et, conséquence naturelle de l'hospitalité avec laquelle on le traitait, il relâcha, comme par nécessité, les habitudes extrêmement parcimonieuses que sa pauvreté l'avait jusque-là contraint d'observer, et il donna très souvent chez lui de petites *réunions* où régnaient en maîtres l'esprit et la gaieté, un peu voilés, *évidemment*, par le souvenir occasionnel du fâcheux et mélancolique sort qui attendait le neveu du regretté ami intime de l'hôte généreux.

Un beau jour, ce magnanime vieux monsieur fut agréablement surpris de recevoir la lettre suivante :

À M. Charles Goodfellow, Rattlebourg,
De H. F. B. et Cie
Chât. Mar. — A. Nº 1 — 6 douz. bout. (1/2 Grosses)

« À Monsieur Charles Goodfellow

« Cher Monsieur — Conformément à la commande passée auprès de notre société il y a environ deux mois par notre estimé client M. Barnabas Shuttleworthy, nous avons l'honneur de vous faire parvenir ce jour, à votre adresse, une double caisse de château-margaux, marque antilope, cachet violet. Caisse numérotée et estampillée comme indiqué en marge.

« Nous sommes, Monsieur, vos très obéissants serviteurs

HOGGS, FROGS, BOGS et Cie[1].

« Ville de —, 21 juin 18—

« P.S. — La caisse vous sera livrée par voiture le lendemain de la réception de cette lettre. Nos respects à M. Shuttleworthy.

H. F. B. et Cie. »

Le fait est que M. Goodfellow avait, depuis la mort de M. Shuttleworthy, abandonné tout espoir de jamais recevoir le château-margaux promis ; et il prit donc *alors* cela comme une faveur spéciale de la Providence à son encontre. Il en fut bien sûr

1. *Hoggs, Frogs, Bogs et Cie* : littéralement, cochons, grenouilles, marais… début d'une série identique à chou, pou, caillou, genou…

fort ravi et, laissant éclater sa joie, il invita pour le lendemain un important groupe d'amis à un *petit souper** dans l'intention d'entamer le cadeau de ce bon vieux M. Shuttleworthy. Non qu'il *dît* quoi que ce fût du « bon vieux M. Shuttleworthy » en lançant les invitations. En fait il réfléchit beaucoup et décida de ne rien dire du tout. Il *ne* mentionna à personne — si je me souviens bien — qu'on lui avait fait *cadeau* de château-margaux. Il demanda simplement à ses amis de venir l'aider à boire du vin d'excellente qualité et au riche bouquet qu'il avait commandé en ville deux mois auparavant et qu'il devait recevoir le lendemain. J'ai souvent essayé de m'imaginer *pourquoi* le « Vieux Charlie » en était arrivé à cacher qu'il avait reçu le vin de son vieil ami, mais je n'ai jamais pu comprendre exactement la raison de son silence et, pourtant, sans doute avait-il *une* excellente et très magnanime raison.

Le lendemain arriva enfin, et avec lui arriva chez M. Goodfellow une très nombreuse et fort respectable compagnie. En vérité la moitié du bourg était là — et moi-même je faisais partie du nombre — mais, au grand dépit de l'hôte, le château-margaux n'arriva qu'à une heure tardive, et alors que les invités avaient déjà fait ample justice du somptueux souper offert par le « Vieux Charlie ». Il finit quand même par arriver, mais c'était une caisse monstrueusement grosse, — et comme toute la compagnie était d'excessivement bonne humeur, on décida à l'unanimité de la hisser sur la table et d'éventrer son contenu séance tenante. Sitôt dit, sitôt fait. Je prêtai main-forte ;

et, en un tournemain, nous eûmes placé la caisse sur la table, parmi toutes les bouteilles et tous les verres dont pas mal furent brisés au cours de l'opération. Le « Vieux Charlie », qui était plutôt ivre et qui avait le visage extrêmement rouge, s'assit alors avec un air de feinte dignité au bout de la table et frappa furieusement dessus avec une carafe, demandant à l'assemblée de rester calme « pendant la cérémonie d'exhumation du trésor ».

Après quelques vociférations, le calme revint enfin complètement, et, comme cela se produit souvent en pareil cas, un profond et remarquable silence s'ensuivit. Prié alors de forcer le couvercle, j'acceptai, bien sûr, « avec un plaisir infini ». J'insérai un ciseau, et après que je lui eus donné quelques légers coups de marteau, le couvercle de la caisse sauta soudain, et, au même moment, se dressa assis, faisant face au maître de maison, le corps meurtri, sanglant et presque putride de l'assassiné, M. Shuttleworthy lui-même. Pendant quelques instants, il contempla fixement et tristement, de ses yeux pourrissants et ternes, le visage de M. Goodfellow ; il prononça avec lenteur, mais de façon claire et solennelle, les mots — « C'est toi l'homme ! » et puis, basculant par-dessus le bord de la caisse comme s'il était entièrement satisfait, il s'étala de tous ses membres pantelants sur la table.

La scène qui suivit est au-delà de toute description. La ruée vers les portes et les fenêtres fut terrifiante, et bon nombre des hommes les plus robustes qui se trouvaient dans la pièce s'évanouirent carrément de pure terreur. Mais, passé la première explosion d'épouvante sauvage et vociférante, tous les yeux se tournèrent vers M. Goodfellow. Vivrais-je un millier d'années, je ne pourrais jamais oublier la terreur plus que mortelle qui se peignait sur son visage blême, encore à l'instant rubicond de triomphe et de vin. Pendant quelques minutes, il resta assis, rigide comme une statue de marbre ; par le vide intense de leur regard, ses yeux semblaient être tournés vers l'intérieur et absorbés dans la contemplation de sa misérable âme criminelle. À la longue leur expression sembla refaire soudain irruption dans le monde extérieur puis, en un brusque sursaut, il se décolla de sa chaise et, laissant lourdement tomber sa tête et ses épaules sur la table, au contact du cadavre, il débita avec rapidité et véhémence une confession détaillée du crime hideux pour lequel M. Pennifeather était à ce moment même emprisonné et condamné à mort.

Voici en substance ce qu'il raconta : — Il avait suivi sa victime jusqu'au voisinage de l'étang ; là, il avait tiré sur son cheval avec un pistolet ; avait tué son cavalier à coups de crosse ; s'était emparé de la sacoche ; et, supposant que le cheval était mort, l'avait tiré à grand-peine jusqu'aux ronces près de l'étang. Sur sa propre bête, il avait hissé le corps de M. Shuttleworthy et l'avait transporté ainsi jusqu'à une cachette sûre, loin de là au fond des bois.

Le gilet, le couteau, la sacoche et la balle avaient été placés par lui là où on les trouva, dans l'intention de se venger de M. Pennifeather. Il avait aussi combiné la découverte du mouchoir et de la chemise tachés.

Vers la fin de ce récit qui glaçait le sang, les paroles du coupable s'étaient faites hésitantes et sa voix caverneuse. Lorsque la relation fut enfin achevée, il se leva, s'écarta de la table en titubant, et tomba — *mort*.

*

Les moyens grâce auxquels cette confession fut extorquée au bon moment, quoique efficaces, furent en réalité simples. L'excès de franchise de M. Goodfellow m'avait dégoûté et avait éveillé mes soupçons dès le début. J'étais présent lorsque M. Pennifeather l'avait frappé, et l'expression démoniaque qui apparut alors sur son visage, bien que fugitive, me persuada que cette menace de vengeance serait, dès que possible, strictement exécutée. J'étais donc enclin à envisager les *manœuvres* du « Vieux Charlie » sous un jour très différent de celui sous lequel les voyaient les bons citoyens de Rattlebourg. Je me rendis compte immédiatement que toutes les découvertes accusatrices venaient, directement ou indirectement, de lui. Mais le fait qui m'ouvrit clairement les yeux sur ce qu'il en était réellement, ce fut l'affaire de la balle, *trouvée* par M. G. dans la carcasse du cheval. *Moi*, je n'avais pas oublié, comme l'avaient fait les Rattlebourgeois, qu'il y avait un trou là où la balle avait pénétré dans le cheval et un autre là où elle *était sortie*. Je me rendis donc clairement compte que si elle avait été trouvée à l'intérieur de l'animal après qu'elle en fut sortie, c'est qu'elle avait dû être déposée par la personne qui l'avait trouvée.

La chemise et le mouchoir sanglants confirmèrent l'hypothèse suggérée par la balle ; car à l'examen le sang s'avéra être de l'excellent vin, et rien de plus. Lorsque j'en vins à réfléchir à ces choses, et aussi au récent accroissement de la libéralité et des dépenses de M. Goodfellow, je me mis à nourrir des soupçons qui, bien que gardés tout entiers par-devers moi, n'en étaient pas moins vifs.

Sur ces entrefaites, je procédai en secret à de rigoureuses recherches du cadavre de M. Shuttleworthy, et, pour de bonnes raisons, je cherchai dans des coins aussi éloignés que possible de ceux vers lesquels M. Goodfellow avait entraîné son groupe. Le résultat fut qu'après quelques jours, je découvris un vieux puits à sec dont l'orifice était presque caché par les ronces ; et là, au fond, je découvris ce que je cherchais.

Or il se trouvait que j'avais entendu le dialogue entre les deux compères lorsque M. Goodfellow était parvenu à enjôler son hôte et à se faire promettre une caisse de château-margaux. C'est sur cette idée-là que je me basai pour agir. Je me procurai un morceau de fanon de baleine bien raide, l'enfonçai dans la gorge du cadavre et plaçai ce dernier dans une ancienne caisse de vin — en prenant soin de plier le corps en deux afin que la baleine soit pliée en même temps. De cette façon, je dus appuyer vigoureusement sur le couvercle pour le maintenir fermé pendant que je le fixais avec des clous ; et je prévoyais qu'aussitôt ceux-ci ôtés, le couvercle *sauterait* et que le corps *jaillirait*.

Ayant ainsi préparé la caisse, je la marquai, la numérotai et l'envoyai comme je l'ai déjà raconté ;

et puis, après avoir écrit une lettre au nom des marchands de vin chez lesquels M. Shuttleworthy se fournissait, je donnai pour instruction à mon domestique de convoyer la caisse dans une brouette jusqu'à la porte de M. Goodfellow, sur un signal que je lui donnerais moi-même. Quant aux mots que je voulais faire prononcer au cadavre, je faisais confiance à mes talents de ventriloque ; pour leur efficacité, je comptais sur la conscience du misérable meurtrier.

Je crois qu'il ne reste rien à expliquer. M. Pennifeather fut relâché sur-le-champ, hérita de la fortune de son oncle, profita des leçons de l'expérience, changea de conduite et, par la suite, poursuivit toujours avec bonheur sa nouvelle vie.

Le sphinx

Durant le terrible règne du Choléra sur New York[1], j'avais accepté l'invitation d'un parent à passer une quinzaine de jours avec lui dans la retraite de son *cottage orné** des bords de l'Hudson. Nous avions là à notre portée tous les moyens ordinaires de distraction estivale ; et, avec les promenades dans les bois, le dessin, le canotage, la pêche, la baignade, la musique et les livres, nous aurions passé le temps fort agréablement sans les effrayantes nouvelles qui nous parvenaient chaque matin de la populeuse cité. Pas un jour qui ne s'écoulât sans nous apprendre le décès de quelque relation. Et, à mesure que s'amplifiait le fléau, nous nous habituâmes à attendre chaque jour la perte de quelque ami. À la longue, nous en arrivâmes à trembler à l'approche de tout messager. Même la brise venant du sud nous semblait exhaler la mort. Cette idée paralysante prit en vérité entière possession de mon âme. Je ne pouvais parler, penser, ni rêver de rien

1. L'épidémie de choléra à laquelle Poe fait allusion est celle qui sévit à New York et à Baltimore en 1831.

d'autre. Mon hôte était d'un tempérament moins émotif et, quoique lui-même fort déprimé, il s'efforçait de me soutenir. Son intelligence profondément philosophique n'était à aucun moment affectée par les chimères. S'il était suffisamment sensible aux réalités de la terreur, de ses ombres il n'avait nulle crainte.

Ses efforts pour me tirer de l'état d'anormale tristesse dans lequel j'avais sombré furent en grande partie contrariés par certains volumes que j'avais trouvés dans sa bibliothèque. Ceux-ci étaient de nature à forcer la germination des semences de superstition héréditaire qui gisaient latentes en moi. J'avais lu ces livres sans qu'il le sache et il avait donc souvent du mal à se rendre compte des violentes impressions qui s'étaient imposées à mon imagination.

Un de mes sujets favoris était la croyance populaire dans les présages — une croyance qu'à cette époque précise de ma vie, j'étais presque sérieusement disposé à défendre. Sur ce sujet nous avions des discussions longues et animées — lui soutenant le manque total de fondement des croyances en de telles matières — et moi affirmant qu'un sentiment populaire surgissant avec une spontanéité absolue — c'est-à-dire sans traces apparentes de suggestion — avait en lui-même d'indiscutables éléments de vérité et avait droit à beaucoup de respect.

Le fait est que peu après mon arrivée au cottage, il m'arriva un incident si totalement inexplicable et qui avait en lui-même un si funeste caractère, que j'aurais été bien excusable de le prendre pour un présage. Il m'épouvanta et, en même temps, me troubla et me désorienta à tel point que plusieurs jours s'écoulèrent avant que je pusse me décider à en communiquer le détail à mon ami.

Vers la fin d'une journée excessivement chaude, j'étais assis, un livre à la main, devant une fenêtre ouverte qui commandait, au-delà de la longue perspective des rives du fleuve, la vue d'une colline éloignée dont le versant qui me faisait face avait été dépouillé, par ce qu'on appelle un glissement de terrain, de la majeure partie de ses arbres. Mes pensées avaient longuement erré du volume ouvert devant moi à la tristesse, la désolation de la cité voisine. Quittant la page, mon regard tomba sur le versant dénudé de la colline et sur un objet — quelque monstre vivant d'apparence hideuse, qui chemina très rapidement du sommet jusqu'au pied pour finalement disparaître dans la dense forêt du bas. Lorsque cet animal se présenta d'abord à ma vue, je doutai de ma propre santé mentale — ou du moins du témoignage de mes propres yeux ; et plusieurs minutes passèrent avant que je ne réussisse à me convaincre que je n'étais ni fou ni en train de rêver. Pourtant quand je décrirai le monstre (que je vis distinctement et que j'observai calmement pendant toute la durée de sa progression), mes lecteurs, j'en ai peur, auront beaucoup plus de mal à se laisser convaincre par ces détails que je n'en eus moi-même.

Évaluant la taille de la créature par rapport au diamètre des grands arbres près desquels elle passait — les rares géants de la forêt qui avaient échappé à la fureur du glissement de terrain — je conclus qu'elle était beaucoup plus grande que n'importe quel navire de ligne connu. Je dis navire de ligne parce que la forme du monstre en suggérait l'idée — la coque de l'un de nos vaisseaux de soixante-quatorze[1] pourrait donner une idée très acceptable de son profil général. La gueule de l'animal était située à l'extrémité d'une trompe de quelque soixante ou soixante-dix pieds[2] de long, et à peu près aussi épaisse que *le corps* d'un éléphant ordinaire. Près de la base de ce tronc, il y avait une énorme quantité de poils noirs hirsutes — plus que n'en auraient pu fournir les fourrures d'une vingtaine de bisons ; et de ces poils jaillissaient, vers le bas et latéralement, deux défenses brillantes guère différentes de celles d'un sanglier, mais d'une taille infiniment plus grande. S'étendant vers l'avant, parallèlement à la trompe, et de chaque côté de celle-ci, il y avait un gigantesque pieu, de trente ou quarante pieds de long, qui semblait fait de pur cristal et avait la forme d'un prisme parfait : — il reflétait de la plus splendide façon les rayons du soleil couchant. Le tronc avait une forme triangulaire, la pointe tournée vers le sol. Accrochées à lui, se déployaient deux paires d'ailes — chaque aile faisant près de cent yards de

1. *Vaisseaux de soixante-quatorze* : vaisseau armé de soixante-quatorze canons, c'est-à-dire un gros navire de guerre, et, par extension, les grands navires marchands qui restèrent longtemps armés eux aussi. Ces derniers étaient le plus souvent à trois ponts et avaient une forme très ventrue. Au moment où Poe publie sa nouvelle (1846), les navires métalliques traversent depuis huit ans l'Atlantique sans le secours de leurs voiles.

2. *Pied* : 30,48 centimètres ; *yard* : 0,914 mètres ; *pouce* : 2,54 centimètres.

long — une paire étant placée au-dessus de l'autre, chacune étant recouverte d'une épaisse couche d'écailles métalliques, et chaque écaille faisant apparemment quelque dix ou douze pieds de diamètre. Je remarquai que les ailes supérieures et les ailes inférieures étaient reliées par une forte chaîne. Mais la principale particularité de cette horrible chose, c'était l'image d'une *Tête de Mort* qui recouvrait presque toute la surface de son poitrail, et qui se détachait d'un blanc éclatant sur le fond sombre du corps aussi nettement que si elle avait été dessinée avec soin par un artiste. Tandis que je regardais ce terrifiant animal, et plus particulièrement la marque de son poitrail, avec un sentiment d'horreur et de crainte — avec un sentiment de désastre imminent qu'aucun effort de la raison ne me paraissait capable de réprimer, je vis les énormes mâchoires situées à l'extrémité de la trompe s'écarter soudain, et il en sortit un son si puissant et exprimant tellement le malheur, qu'il me frappa les nerfs comme un glas, et, comme le monstre disparaissait au pied de la colline, je tombai soudain évanoui sur le sol.

En revenant à moi, ma première impulsion évidemment fut d'informer mon ami de ce que j'avais vu et entendu — et je peux à peine expliquer quel sentiment de répugnance, à la fin, m'empêcha de le faire.

Enfin, un soir, trois ou quatre jours après l'événement, nous étions assis tous les deux dans la pièce d'où j'avais vu l'apparition — moi occupant le même siège à la même fenêtre, et lui étendu sur un sofa tout proche. L'association du lieu et du moment m'incita à lui faire un compte rendu du phénomène. Il m'écouta jusqu'au bout — d'abord il rit de tout cœur — et puis il prit une attitude excessivement grave, comme si ma folie ne faisait plus aucun doute. À cet instant, j'aperçus de nouveau distinctement le monstre — vers lequel, avec un cri d'épouvante absolue, j'attirai aussitôt son attention. Il regarda intensément — mais affirma qu'il ne voyait rien — quoique je lui indiquasse minutieusement le parcours de la créature tandis qu'elle descendait le versant dénudé de la colline.

J'étais maintenant alarmé au-delà de toute mesure car j'interprétais la vision soit comme un présage de ma mort, soit, pire encore, comme le signe avant-coureur d'une attaque de folie. Je me rejetai furieusement dans mon fauteuil et pendant quelques instants j'enfouis mon visage dans mes mains. Quand je découvris mes yeux, l'apparition n'était plus visible.

Mon hôte, cependant, avait dans une certaine mesure retrouvé le calme de son maintien, et il me questionna très minutieusement sur la conformation de la bête qui m'était apparue. Quand je l'eus pleinement satisfait sur ce point, il soupira profondément, comme s'il avait été soulagé de quelque fardeau intolérable, et il continua à parler, avec ce que je pris pour un calme cruel, de divers points de philosophie spéculative qui avaient été jusqu'ici l'objet de discussions entre nous. Je me souviens qu'il insista tout particulièrement (entre autres choses) sur l'idée que la principale source d'erreur dans toutes les investigations humaines, résidait dans la disposition de l'entendement à sous-évaluer ou surévaluer l'importance d'un objet par suite d'une mauvaise appréciation de sa distance. « Pour estimer correctement, par exemple, dit-il, l'influence qui sera exercée sur toute l'humanité par la complète diffusion de la Démocratie, la distance de l'époque à laquelle une telle diffusion pourra effectivement être accomplie ne devrait pas manquer d'apparaître comme une des données de l'estimation. Et pourtant, pouvez-vous me citer un seul auteur qui, écrivant sur le thème du gouvernement, ait jamais pensé que cette branche particulière du thème méritât la moindre discussion ? »

Il se tut alors un moment, marcha vers un rayon de la bibliothèque et en tira un des manuels courants d'Histoire Naturelle. Me demandant alors de changer de siège avec lui afin qu'il pût mieux distinguer la fine impression du volume, il prit mon fauteuil près de la fenêtre et, ouvrant le livre, reprit son discours sur un ton très semblable au précédent.

« Sans votre extrême minutie, dit-il, dans la description du monstre, j'aurais pu n'avoir jamais la possibilité de vous démontrer ce que c'était. Tout d'abord laissez-moi vous lire une description scolaire du genre *Sphinx*, de la famille des *Crepuscularia*, de l'ordre des *Lepidoptera*, de la classe des *Insecta* — ou insectes. La description dit ceci :

« Quatre ailes membranées couvertes de petites écailles colorées d'aspect métallique ; bouche en forme de trompe roulée, produite par un allongement des mâchoires sur les côtés desquelles on voit des rudiments de mandibules et de palpes duveteuses ; les ailes inférieures attachées aux supérieures par un crin raide ; antennes en forme de massues allongées, prismatiques ; abdomen en pointe. Le Sphinx Tête de Mort a parfois provoqué une grande terreur chez les gens du peuple, à cause de l'espèce de cri mélancolique qu'il émet et de l'emblème de mort qu'il porte sur son corselet. »

Il ferma alors le livre et se pencha en avant dans le fauteuil, se plaçant exactement dans la position que j'occupais au moment où j'avais aperçu « le monstre ».

« Ah, le voilà ! » s'exclama-t-il bientôt « — il remonte le versant de la colline, et c'est une créature d'aspect très remarquable, je l'admets. Cependant il n'est en aucune manière aussi grand ni aussi éloigné que vous l'aviez imaginé ; car le fait est que maintenant qu'il chemine en se tortillant sur ce fil qu'une araignée a tissé le long du châssis de la fenêtre, je constate qu'il mesure environ un seizième de pouce dans sa longueur totale, et qu'il est également à une distance d'environ un seizième de pouce de la pupille de mon œil. »

COLLECTION FOLIO 2€

Dernières parutions

4959. Michel Lermontov	*La princesse Ligovskoï*
4960. Pierre Péju	*L'idiot de Shanghai* et autres nouvelles
4961. Brina Svit	*Petit éloge de la rupture*
4962. John Updike	*Publicité* et autres nouvelles
5010. Anonyme	*Le petit-fils d'Hercule. Un roman libertin*
5011. Marcel Aymé	*La bonne peinture*
5012. Mikhaïl Boulgakov	*J'ai tué* et autres récits
5013. Sir Arthur Conan Doyle	*L'interprète grec* et autres aventures de Sherlock Holmes
5014. Frank Conroy	*Le cas mystérieux de R.* et autres nouvelles
5015. Sir Arthur Conan Doyle	*Une affaire d'identité* et autres aventures de Sherlock Holmes
5016. Cesare Pavese	*Histoire secrète* et autres nouvelles
5017. Graham Swift	*Le sérail* et autres nouvelles
5018. Rabindranath Tagore	*Aux bords du Gange* et autres nouvelles
5019. Émile Zola	*Pour une nuit d'amour* suivi de *L'inondation*
5060. Anonyme	*L'œil du serpent. Contes folkloriques japonais*
5061. Federico García Lorca	*Romancero gitan* suivi de *Chant funèbre pour Ignacio Sanchez Mejias*
5062. Ray Bradbury	*Le meilleur des mondes possibles* et autres nouvelles
5063. Honoré de Balzac	*La Fausse Maîtresse*
5064. Madame Roland	*Enfance*
5065. Jean-Jacques Rousseau	*« En méditant sur les dispositions de mon âme... »* et autres rêveries, suivi de *Mon portrait*

5066. Comtesse de Ségur — *Ourson*
5067. Marguerite de Valois — *Mémoires. Extraits*
5068. Madame de Villeneuve — *La Belle et la Bête*
5069. Louise de Vilmorin — *Sainte-Unefois*
5120. Hans Christian Andersen — *La Vierge des glaces*
5121. Paul Bowles — *L'éducation de Malika*
5122. Collectif — *Au pied du sapin. Contes de Noël*
5123. Vincent Delecroix — *Petit éloge de l'ironie*
5124. Philip K. Dick — *Petit déjeuner au crépuscule* et autres nouvelles
5125. Jean-Baptiste Gendarme — *Petit éloge des voisins*
5126. Bertrand Leclair — *Petit éloge de la paternité*
5127. Alfred de Musset-George sand — *« Ô mon George, ma belle maîtresse... » Lettres*
5128. Grégoire Polet — *Petit éloge de la gourmandise*
5129. Paul Verlaine — *L'Obsesseur précédé d'Histoires comme ça*
5163. Akutagawa Ryûnosuke — *La vie d'un idiot* précédé d'*Engrenage*
5164. Anonyme — *Saga d'Eiríkr le Rouge* suivi de *Saga des Groenlandais*
5165. Antoine Bello — *Go Ganymède!*
5166. Adelbert von Chamisso — *L'étrange histoire de Peter Schlemihl*
5167. Collectif — *L'art du baiser. Les plus beaux baisers de la littérature*
5168. Guy Goffette — *Les derniers planteurs de fumée*
5169. H. P. Lovecraft — L'horreur de Dunwich
5170. Léon Tolstoï — *Le diable*
5184. Alexandre Dumas — *La main droite du sire de Giac* et autres nouvelles
5185. Edith Wharton — *Le miroir suivi de Miss Mary Pask*
5231. Théophile Gautier — *La cafetière* et autres contes fantastiques
5232. Claire Messud — *Les Chasseurs*
5233. Dave Eggers — *Du haut de la montagne, une longue descente*

5234. Gustave Flaubert — *Un parfum à sentir ou Les Baladins* suivi de *Passion et vertu*
5235. Carlos Fuentes — *En bonne compagnie* suivi de *La chatte de ma mère*
5236. Ernest Hemingway — *Une drôle de traversée*
5237. Alona Kimhi — *Journal de berlin*
5238. Lucrèce — *« L'esprit et l'âme se tiennent étroitement unis ». Livre III de « De la nature »*
5239. Kenzaburô Ôé — *Seventeen*
5240. P. G. Wodehouse — *Une partie mixte à trois* et autres nouvelles du green
5290. Jean-Jacques Bernard — *Petit éloge du cinéma d'aujourd'hui*
5291. Jean-Michel Delacomptée — *Petit éloge des amoureux du Silence*
5292. Mathieu Térence — *Petit éloge de la joie*
5293. Vincent Wackenheim — *Petit éloge de la première fois*
5294. Richard Bausch — *Téléphone rose* et autres nouvelles
5295. Collectif — *Ne nous fâchons pas ! ou L'art de se disputer au théâtre*
5296. Robin Robertson — *Fiasco ! Des écrivains en scène*
5297. Miguel de Unamuno — *Des yeux pour voir* et autres contes
5298. Jules Verne — *Une fantaisie du Docteur Ox*
5299. Robert Charles Wilson — *YFL-500* suivi du *Mariage de la dryade*
5347. Honoré de Balzac — *Philosophie de la vie conjugale*
5348. Thomas De Quincey — *Le bras de la vengeance*
5349. Charles Dickens — *L'embranchement de Mugby*
5350. Épictète — *De l'attitude à prendre envers les tyrans*
5351. Marcus Malte — *Mon frère est parti ce matin...*
5352. Vladimir Nabokov — *Natacha* et autres nouvelles
5353. Arthur Conan Doyle — *Un scandale en Bohême* suivi de *Silver Blaze. Deux aventures de Sherlock Holmes*
5354. Jean Rouaud — *Préhistoires*
5355. Mario Soldati — *Le père des orphelins*
5356. Oscar Wilde — *Maximes* et autres textes
5415. Franz Bartelt — *Une sainte fille* et autres nouvelles

5528. Sénèque — *De la providence* suivi de *Lettres à Lucilius (lettres 71 à 74)*
5529. Saâdi — *Le Jardin des Fruits. Histoires édifiantes et spirituelles*
5530. Tchouang-tseu — *Joie suprême* et autres textes
5531. Jacques De Voragine — *La Légende dorée. Vie et mort de saintes illustres*
5532. Grimm — *Hänsel et Gretel* et autres contes
5589. Saint Augustin — *L'Aventure de l'esprit et autres Confessions*
5590. Anonyme — *Le brahmane et le pot de farine. Contes édifiants du Pañcatantra*
5591. Simone Weil — *Pensées sans ordre concernant l'amour de Dieu* et autres textes
5592. Xun zi — *Traité sur le Ciel* et autres textes
5606. Collectif — *Un oui pour la vie ? Le mariage en littérature*
5607. Éric Fottorino — *Petit éloge du Tour de France*
5608. E. T. A. Hoffmann — *Ignace Denner*
5609. Frédéric Martinez — *Petit éloge des vacances*
5610. Sylvia Plath — *Dimanche chez les Minton* et autres nouvelles
5611. Lucien — *« Sur des aventures que je n'ai pas eues ». Histoire véritable*
5631. Boccace — *Le Décaméron. Première journée*
5632. Isaac Babel — *Une soirée chez l'impératrice* et autres récits
5633. Saul Bellow — *Un futur père* et autres nouvelles
5634. Belinda Cannone — *Petit éloge du désir*
5635. Collectif — *Faites vos jeux ! Les jeux en littérature*
5636. Collectif — *Jouons encore avec les mots. Nouveaux jeux littéraires*
5637. Denis Diderot — *Sur les femmes* et autres textes
5638. Elsa Marpeau — *Petit éloge des brunes*
5639. Edgar Allan Poe — *Le sphinx* et autres contes
5640. Virginia Woolf — *Le quatuor à cordes* et autres nouvelles

Composition IGS-CP
Impression Novoprint
à Barcelone, le 20 août 2013
Dépôt légal : août 2013

ISBN : 978-2-07-045449-5 / Imprimé en Espagne.

254854